كونداليني

ميرنا الهلباوي

كوندا البنى

رواية

facebook.com/alkarmabooks :لمزيد من المعلومات عن الكرمة

الهلباوي، ميرنا.
كونداليني: رواية / ميرنا الهلباوي ــ القاهرة: الكرمة للنشر، ٢٠٢٠.
١٨٤ ص؛ ٢٠ سم.
تدمك: 9789776743137
١ــ القصص العربية.
أ ــ العنوان.
رقم الإيداع بدار الكتب المصرية: ٢٠١٩ / ١٩٩٤٧

٢٤٦٨١٠٩٧٥٣١

تصميم الغلاف: كريم آدم

إهـداء

إلى ملايين الطيور المشاركة في سباق تايوان المؤلم، التي استسلمت في عرض المحيط.

شمس وعواصف

شيء ما في الاعتياد يجعله مربكًا لأحاسيسك، شيء ما يتركك غير قادر على تفسير تأثيره في حواسك: أن تعتاد الوجوه، والأصوات، والعصافير المزقزقة المزعجة في الصباح، وضوء الشمس الخافت الذي يصر في عناد على التسلل إلى غرفتك، وضجيج السيارات الذي لا يصمت في أي وقت من أوقات الليل أو النهار، أو حتى أن تعتاد نغمة المنبه اللعينة عند السابعة صباحًا (لا أدري لماذا أصر على ضبط المنبه كل ليلة، على الرغم من استيقاظي التلقائي في الخامسة صباحًا بسبب هذا الألم السخيف في ظهري). هل مهمة الاعتياد هي بث الراحة في نفوسنا؟ هل يطمئن الاعتياد نفوسنا، التي تخاف من كل مجهول، أننا نستطيع التحكم في مجريات الأيام؟ أم أنه يسحق كل ما تستحق النفس البشرية الشعور به من روائح جديدة قد نحبها أو نكرهها، أو وجوه جديدة تضيف آلامًا جديدة إلى حياتنا؟

أحدق في سقف الغرفة لدقائق قليلة ثم أستعد للنهوض ببطء.

أود لو أقتلع سبب ألم ظهري وألقيه في صندوق، ثم أقطع تذكرة سفر إلى أبعد بلد في العالم، وأتركه على أحد الشواطئ هناك حتى يجده أحد فيصاب بلعنته، على الأقل سيشعر شخص آخر على هذا الكوكب بمقدار الألم الذي أشعر به. المشكلة لا تكمن في الألم نفسه، بل في أنه دائمًا هنا، لا يتركني لحظة، حتى تحول إلى خلفية موسيقية حزينة لحياتي.

أستحم سريعًا ثم أرتدي ملابسي بطريقة آلية. لا أجد إلا فردة واحدة لجوربي. أمسح الغرفة بنظري في هدوء، وفي الظلام، على أمل ألا يستيقظ أدهم، الذي يغط في نوم عميق. لا يفلح هذا البحث، ما يضطرني إلى إزاحة الستارة عديمة الجدوى ـ التي تسمح بدخول الضوء في كل الحالات ـ فأجد فردة الجورب ملقاة بعيدًا، في غير مكانها المعتاد، وألمح عينَي أدهم تفتحان في خمول.

ـ فيه حاجة؟

يقولها بصوت ناعس جدًّا.

ـ لا، لا، آسفة. كمل نومك.

ـ رايحة الشغل؟

ـ أيوه.

ـ أوكي. باحبك.

ـ وأنا كمان باحبك.

أتجه إلى المطبخ لإعداد قهوتي الصباحية. أنظر إلى شرفته، وأشعة الشمس المطلة منها. للمرة الأولى أفهم معنى الشعور بالخواء: ألَّا تتمكن كل فناجين القهوة من إيقاظ خلاياك، ألَّا تستطيع أحضان

العالم كله تدفئة قلبك، ألَّا تقدر كل المشاهد والأفلام على إبهارك، أن تنفصل انفعالات جسدك الخارجية عن أحاسيسك الحقيقية الداخلية، أن تكون هنا ولكن مخدرًا تمامًا.

أفقت من شرودي على القهوة التي نسيتها على النار. اللعنة على القهوة وعلى شرودي، سأمر بأي «كوفي شوب» في طريقي إلى العمل وأشتري كوب قهوة. لا وقت لتحضير كوب آخر الآن.

أرتدي الحذاء بسرعة، وأتجه إلى باب الشقة، وما إن أمسك بالمفاتيح حتى أسمع صوت أدهم يناديني من الداخل. أعود بسرعة إلى الغرفة.

ـ فين بوستي؟

أبتسم.

ـ أهيه.

أقبّله ثم أسير إلى باب الشقة مرة أخرى. القبلة. لا بد من القبلة طبعًا، حتى لو كان هو نائمًا، ولن يستيقظ، على الأرجح، قبل الثانية عشرة ظهرًا، وسيبدأ يومه في لطافة وهدوء في عمله الخاص، في حين أنا على عجلة من أمري، ولا أحتمل يومًا آخر من التأخر على عملي في البنك السخيف.

سَرت قشعريرة في جسدي. للحظات شعرت بالخجل من نفسي بسبب هذا التفكير البارد. تلك القبلة، تعاهدنا عليها في نذور زواجنا: أن يعطي كل منا الآخر قبلة قبل الخروج من المنزل، تحت أي ظرف من الظروف. ما زالت هذه القبلة كما هي، وإن تغير كل شيء.

لا أستطيع أن أضع إصبعي تحديدًا على التغيرات التي طرأت

على علاقتنا في خلال عامين فقط من الزواج، كل ما أنا متأكدة منه هو أنني لم أكن ما أنا عليه اليوم. لم تكن لديَّ وظيفة البنك المملة على الأقل، وكنت مفعمة بالحيوية. وأدهم؟ لا أدري إن كان تغير هو الآخر، ولكنه صار مثل «الريموت» الذي توشك بطاريته على النفاد: هادئًا وساكنًا، يبتسم في بطء ويستيقظ في بطء، ولكنه على الأقل ما زال متشبثًا بحلمه، وقد صار له مكتبه الخاص، الذي يحقق نجاحًا بطيئًا أيضًا، مثله.

تذكرت مكتبه الذي أعددته بنفسي، وصممت فيه مكتبة رائعة الشكل، احتضنَت على رفوفها كل كتبنا المشتركة. تذكرت الكتابة، وتذكرت كيف اعتزلتني شيئًا فشيئًا، حتى صارت من الماضي.

حل مكانها هذا الألم في ظهري. اكتشفته بعد أقل من شهرين من الزواج. زرت عددًا كبيرًا من الأطباء، وأهدرت ساعات كثيرة من عمري أنتظرهم في عياداتهم، التي يبدو أنهم يختارونها بعناية كي تكون الهواتف فيها دائمًا خارج الخدمة وغير قابلة لالتقاط أي شبكة، فيتركونك مع أفكارك تنهش عقلك، حتى تدخل إليهم خائر القوى تمامًا. المهم أن الإجابة كانت دائمًا عدم وجود علة ملموسة تسبب هذا الألم، البعض فسره بالإرهاق، والبعض الآخر بقلة الحركة، إما هذا السبب أو ذاك. جربت الراحة فلم يتغير شيء، وجربت الرياضة فبقيت الحال على ما هي عليه.

أصل إلى العمل قبل موعد البدء بدقائق، أجد عمر يستقبلني بابتسامة واسعة. يقول ضاحكًا:

ـ إزاي؟ إزاي بدري؟ حصل إيه في العالم؟

أرد بوجه عابس:

ـ الطريق كان فاضي على غير العادة، ومش قادرة أحدد دي حاجة حلوة ولا وحشة.

يرد مازحًا كما اعتدته دائمًا:

ـ آه، طب تعالي، تعالي نشرب قهوة وسيجارة ونقطع شرايينا مع بعض بره.

لدى عمر، زميلي في البنك، أكبر مخزون طاقة إيجابية في العالم، وإقبال ـ مريب بعض الشيء ـ على الحياة. شعره الكثيف حول وجهه المشرق والمبتسم دائمًا يذكرني بقرص الشمس الذي كنا نرسمه ونحن صغار، مع عينين مليئتين بالضوء والسعادة، وابتسامة واسعة، وحرارة دائمة في اللقاء بي وبالجميع.

ما يستوقفني فعلًا هو سر سعادة عمر، وتفاؤله الدائم وغير المبرر. لماذا يبدو شخص بهذا القدر من السعادة في الساعات الأولى المبكرة من الصباح، ومع أنه يعمل في بنك؟! ليس عمر موظفًا عاديًا، بل هو الفراشة التي تنشر الفرح والنكات والمزاح في العمل. من أين تأتي كل هذه الطاقة؟ هي مجهولة المصدر، ومتطورة إلى الحد الذي يجعله يسافر مرتين أو ثلاث مرات سنويًا إلى بلاد مختلفة حول العالم، ويعود منها بكل القصص المضحكة في الدنيا، والمواقف الغريبة، نادرة الحدوث. لذلك يشبه يومُ غيابه عن العمل اليومَ الشتوي الكئيب، يومًا ملبدًا بالسحابات التي تمطر أحيانًا بالعملاء الأغبياء والرؤساء الذين يتظاهرون بالذكاء. غيابه عن العمل يعني سكونًا وهدوءًا من النوع القاتل، الذي يتشبث بعقارب

الساعة ويجعلها تقف عند الواحدة ظهرًا لمدة لا تقل عن ثلاث ساعات. هو يستغل كل ثانية من حياته لكي يسعد نفسه، ويبتسم، ويضحك، ويستمتع. هل تبكي كل ليلة يا عمر؟ هل تبلل وسادتك بالدموع بعيدًا عن أعين الجميع؟ هل تصيبك نوبات قلق وذعر خفية في مراحيض العمل في منتصف النهار مثلًا؟ ما سرك؟ وما سر هذه السعادة اللعينة؟

أفيق من تساؤلاتي على حكاية أخرى من حكاياته في رحلته الأخيرة، أتظاهر بالضحك وأطفئ سيجارتي في توتر، استعدادًا ليوم آخر أدعو الله فيه في كل لحظة أن يمر سريعًا ـ يوم آخر من المُسكن المذاب في الماء في منتصف اليوم لتقليل حدة ألم الظهر، يوم آخر أتساءل فيه عن سبب قبولي هذا الوضع الذي لا أطيقه، يوم آخر يمر على نحو عادي، يوم آخر أسأل فيه نفسي: هل الاعتياد اختيار أم إجبار؟

أتجه إلى مكتبي المقابل لمكتب عمر، الذي يسمعني أتأوه وأنا أجلس بسبب ألم ظهري. يسألني بلهجة لوم:

ـ لسه برضه مش راضية تسمعي الكلام؟

أجيبه ساخرة:

ـ أنهي كلام فيهم؟ أصل كلامك كتير!

يقول عمر:

ـ جربي اليوجا يا بنتي، هتخسري إيه؟

أجيبه بسخافة:

ـ يا دي اليوجا والعبط.

ـ ما أنتِ بتلفي على عيادات مصر زي ستي، هتخسري إيه لما تجربيها؟ طب بُصي، فيه رحلة يوجا للفيوم الويك إند دي، يومين بالظبط، تعالي وجربي، وأهو يبقى تغيير جو وهاتي أدهم معاكِ.

قالها في حماس. وعدته بأن أفكر في الأمر، فقط لكي يصمت. انتهى يوم العمل الممل. اتجهت إلى المنزل لأجد أدهم لا يزال فيه، فقد تكاسل ولم يذهب إلى العمل. أخبرني أنه تلقى مكالمة من شمس، يخبره فيها أنه عاد من رحلته الطويلة إلى إندونيسيا، وسيأتي لتناول العشاء معنا الليلة.

تهللت أساريري. عاد شمس أخيرًا من السفر. شمس صديقنا المقرب منذ زمن بعيد، كنا نقضي معظم أوقاتنا معًا، وفجأة، من دون سابق إنذار، تحولت حياته إلى حقيبة سفر متنقلة بين مطارات العالم، أصبح يقضي وقتًا خارج مصر أكثر من داخلها. كنت سعيدة لأنه وجد نفسه في شيء ما، كنت أفرح كلما رأيت صوره وهو يبدو عليه الاستمتاع بما يفعله، لكن جزءًا مني كان حانقًا لأنه لم يعد هنا، تركني وحيدة أغرق في أحزاني... أنانية جدًّا أنا! أريد منه أن يغرق معي، لا أريد مثلًا أن ينتشلني وأخرج معه، لا، أريد أن يعيش معي هذه التجربة المقيتة، تجربة الحزن والألم والاكتئاب.

جاء شمس واصطحب معه المرح والضحكات العالية. جلسنا نحن الثلاثة نستعيد ذكرياتنا القديمة، وأخذ شمس يحكي لنا مغامرات أسفاره، ونحن نرتشف النبيذ اللذيذ الذي جاء به من رحلته الأخيرة. كانت الحياة تشع من شُمس. كل جزء منه يصرخ بالسعادة، لمعة عينيه

يمكن أن تضيء قرية بكاملها. بدا مثل مايسترو يدير معزوفة موسيقية بينما يحرك يديه في حماس وهو يحكي قصصه ومغامراته.

خجلتُ من حكاياتي المملة مقارنة بحكاياته، مجرد مواقف هزلية يومية في البنك، لا جديد على الإطلاق على الرغم من مرور شهور.

حكيت لأدهم وشمس عن عمر ورحلة اليوجا في الفيوم.

سألني شمس:

ـ ليه ما تروحيش لوحدك؟

أجبته:

ـ لأ، صعب أوي، هازهق طبعًا.

كان من الأفضل ألا أحكي لشمس أنني لم أعد أحب الانفراد إلا أوقاتًا قليلة، وأنني أصبحت لا أطيق نفسي، ولا أتحمل أفكاري أو شرودي، ولا أريد أن أترك المجال لعقلي لكي يبث فيَّ سمومه التي أحاول تجاهلها طوال اليوم، قبل النوم، وعند الاستيقاظ، وفي أثناء الزحام، وأحيانًا وأنا أجلس ضاحكة مع من أحبهم.

قال لي شمس:

ـ وهي يعني القعدة في البيت مش زهق؟ ما اللي هتقعدي تعمليه هنا بتعمليه كل يوم. فيها إيه؟ جربي، زهقتِ أي وقت كلمي أي حد فينا ييجي ياخدك أو ارجعي إنتِ، إيه المشكلة؟

سخر أدهم من الرحلة ونصحني بألا أهتم بمثل هذه التفاهات، هذا بالإضافة إلى انشغاله في نهاية الأسبوع بأكثر من مقابلة عمل، أما شمس فلن يستطيع الذهاب أيضًا نظرًا إلى ارتباطات عائلية.

شيء ما في سخرية أدهم أشعل الضوء الأخضر لخروج ثورة

عارمة فجائية من جانبي، ثورة أخرست شمس وجعلته ينظر إليَّ في ذهول، في حين ارتسمت ملامح الغضب على وجه أدهم، والتزم الصمت.

حتى أنا كنت في قمة الحرج عندما خمدت هذه الثورة. لا أدري ما دهاني لأنفعل بهذا الشكل ضد أدهم، وبالأخص أمام شمس. للحظات، فقدت السيطرة على أعصابي، فقط للحظات، والآن يجب أن أتعامل برُشد ونضج مع نتائج أفعالي.

توجه أدهم إلى غرفة النوم، وسمعناه يغلق الباب في عنف. وجَّه شمس أنظاره إليَّ في لوم وغضب. سألني باستنكار:

ـ إنتِ اتجنيتِ ولا إيه؟ فيه إيه؟ إنتِ بتعملي كده ليه؟

ثم توجه إلى غرفة أدهم، وطلب منه الدخول.

خرجت إلى الشرفة أدخن سيجارة. لمت نفسي، ليس على الانفجار، بل لأن انفجاري تسبب في أزمة جديدة يجب عليَّ التعامل معها، وأنا مللت التعامل ومللت الأزمات.

مرت دقائق، ثم وجدتُ شمس بجانبي. ووقفنا لحظات في سكون، ثم بدأ حديثه:

ـ أنا مش جاي أقولك إنك غلطانة، عشان دي حاجة مفروغ منها، بس أنا جاي أقولك إنك لازم تلحقي نفسك من اللي إنتِ فيه. كده صعب، مش بس عليكِ لكن على كل اللي حواليكِ.

أخبرني شمس أنه أقنع أدهم بأنني في حاجة ماسة إلى تغيير الجو، وطلب مني أن أنتهز الفرصة وأذهب في رحلة الفيوم وحدي، لتهدئة أعصابي ومراجعة نفسي.

انتهت السهرة نهاية سيئة، باختفاء أدهم في غرفة النوم، وعودة شمس إلى منزله، واستلقائي على الأريكة حتى الصباح.

لم أستطِع النوم إطلاقًا هذه الليلة، ولم أقوَ على الدخول إلى الغرفة والاعتذار لأدهم. نظرتُ إلى الساعة ووجدتها تشير إلى السادسة صباحًا. أرسلتُ رسالة نصية إلى عمر أطلب منه فيها حجزًا لفرد واحد في رحلة الفيوم في اليوم التالي.

تفاديت قدر الإمكان التعامل مع أدهم هذا اليوم. أعددت حقيبة ظهري الصغيرة من أجل الرحلة. تعمد أدهم الغياب عن المنزل وقت رحيلي.

وصلت إلى مكان التجمع في الموعد المحدد، ومرت دقائق قليلة ثم ظهرت المجموعة، ومن ضمنها عمر. اتخذ كل منا مقعده داخل الأتوبيس الصغير وانطلقنا. تظاهرت بالنوم في أثناء الطريق كي أقطع كل السبل لأي حديث، مع عمر أو غيره.

وصلنا إلى فندق في منطقة صحراوية بالفيوم. وجدت، على المبنى الحجري، لافتة صغيرة كُتب عليها أن الفندق صديق للبيئة، لا كهرباء فيه، والماء يتوافر بمقدار قليل بالطاقة الشمسية. اللعنة! لن أستطيع استخدام هاتفي لمدة يومين على الأقل! غالبًا لا توجد شبكة إرسال أساسًا في هذا المكان.

كان الهدوء يخيم حول الفندق البسيط الذي وصلنا إليه ليلًا، والسماء ممتلئة بالنجوم بشكل أسرني.

رحبت بنا مدربة اليوجا الإيطالية، «كيارا»، بإنجليزية ركيكة، وتولت تسكين كل شخص في غرفته. أنا فقط من جئت وحدي،

حتى عمر اصطحب معه صديقته. انتهى بي الأمر في الغرفة نفسها مع «كيارا»، وهو ما أثار حفيظتي في البداية، لكنني لم أعترض. لا مجال للاعتراض، وإلا سأنام على الرمال.

دخلتُ و«كيارا» غرفتنا البسيطة، والتزمَت هي الصمت، ما جعلني أشعر بالراحة. لا أريد أن أبذل مجهودًا في مجاملات اجتماعية هربت منها في القاهرة.

كانت الساعة العاشرة مساءً تقريبًا. دخلت السرير الكبير وتقوقعت قدر الإمكان كي أفسح مجالًا لـ«كيارا» للنوم.

أكره شمس، وأكره عمر، وأكره نفسي. هؤلاء جميعًا هم السبب في أن أنام الآن في سرير قرب شخص غريب عني تمامًا. شعرت برغبة في مهاتفة أدهم والاعتذار له، لكنني تذكرت مسألة الهاتف والإرسال. ربما سيظنني أغلقت هاتفي عمدًا، وبالتالي ستتحول هذه المشاجرة إلى مأساة إغريقية.

ظلت هذه الأفكار تتقافز في ذهني حتى غفوت.

استيقظت وحدي، من دون منبه، في الصباح الباكر كعادتي. اتبعت التعليمات واستخدمت الماء بعناية وبقدر قليل. خارج الغرفة كان الجو لطيفًا وليس حارًّا كما توقعت. توجهت إلى صالة الفطور، فوجدت «كيارا» جالسة مع بعض من مجموعتنا في انتظار البقية. ألقيت التحية بسرعة وبابتسامة زائفة، وتناولت فطوري. انضم إلينا أخيرًا عمر، وصديقته، وبدأ كعادته يُلقي النكات ويُضحك الجميع.

توجهنا مع «كيارا» لبدء جلسة اليوجا الأولى. بث صوتها شعورًا

بالراحة في نفسي. تحدثت بصوت هادئ، بكلمات واضحة، وبسرعة حديث معقولة، واختارت موسيقى خلفية مهدئة للأعصاب.

بدأتْ تؤدي بعض حركات اليوجا، وواجهتني صعوبة في تقليدها، بسبب سوء لياقتي أولًا، وألم ظهري ثانيًا.

تراجعتُ إلى الجزء الخلفي من القاعة بخفة، كي لا أزعج أحدًا أو ألفت الانتباه. لاحظَت «كيارا» انسحابي، وطلبَت من المجموعة الاستمرار في التمارين نفسها، واقتربت مني وسألتني:

ـ هل أنتِ بخير؟ هل التدريبات قاسية؟

أجبتها:

ـ أعاني، منذ فترة طويلة، من ألم في أسفل ظهري يقيِّد حركتي بعض الشيء ويزعجني. جلست هنا لأستريح، وسأنضم إليكم مجددًا بعد ثوانٍ ألتقط فيها أنفاسي.

طلبَت مني «كيارا» أن أشير إلى منطقة الألم، ثم أرتني بعض الوضعيات التي أكدت لي أنها ستريح ظهري. تركت المجموعة وأخذت ترشدني في تدريباتي، حتى شعرتُ فعلًا بوطأة الألم تخف تدريجيًّا، إلى أن اختفت تقريبًا.

استكملتُ التدريبات مع المجموعة. أعلنَت «كيارا» انتهاء جلسة اليوجا وبداية جلسة التأمل. كانت الشمس تميل إلى الغروب عندما استلقينا على ظهورنا وأغلقنا أعيننا لنستمع إلى صوت «كيارا» الخافت:

ـ فلنبدأ بالشكر. فلنشكر أجسادنا التي تتحملنا. فلنشكر أنفسنا على وجودنا هنا. فلنشكر الرب على هذا الجو الرائع والسكون اللطيف.

اليوم هو يوم جميل. ذكِّر نفسك دائمًا أن البداية يمكن أن تكون في أي وقت. ذكِّر نفسك أن البداية قد تكون اليوم. ذكِّر نفسك أن التوقيت المناسب لن يأتي أبدًا. التوقيت المثالي هو الوقت الذي ستبدأ فيه ما أجلته لفترات طويلة. التوقيت المثالي هو اللحظة التي تتخذ فيها القرار.

تخيل هالة كبيرة من الضوء تحيط بجسدك، تدور حولك من الرأس حتى أصابع القدمين. طاقة من الحب، طاقة من الثقة، طاقة من الإصرار، طاقة من العزم.

راقب دقات قلبك، استمع إلى صوت نَفَسَك، اشعر بتمايل خصلات شعرك برفق مع الهواء.

ردد في عقلك ببطء: «اليوم هو يومي».

تنفس بهدوء، شهيقًا يملأ رئتيك وصدرك ومعدتك، أخرجه زفيرًا بطيئًا يتخلص من كل القلق والتوتر.

شكرًا لوجودكم اليوم، وغدًا صباحًا جلستنا الثانية والأخيرة.

أنهت «كيارا» الجلسة، وفتحنا أعيننا، وكان الليل قد حل. كان لكلمات «كيارا» الهادئة تأثير سحري في نفسي. شعرتُ كأن خلايا مخي حصلت على تدليك محترف. شعرتُ بصفاء ذهني لم أختبره منذ وقت طويل. كنتُ مبتسمة، على غير العادة، ونحن نجلس نتناول العشاء جميعًا.

بعد العشاء، توجه جزء من المجموعة خارجًا، وأشعلوا النار، وبدأوا في الغناء تحت السماء التي انتشرت فيها النجوم وتلألأت كأنها تحتفل بوجودهم. طلب عمر مني الانضمام إليهم. ارتشفت

الشاي معهم وجلست أتأمل السماء وأسمع الفتاة التي بدأت تشدو بأغنية فرنسية بصوت عذب.

شعرتُ بالنعاس بعد ساعة تقريبًا، واستأذنتُ وتوجهتُ إلى غرفتي. حاولت النوم، لكن المحاولة ضاعت هباءً. كنت أريد بشدة أن أدخن، لكن التدخين ممنوع لأنه من أعداء البيئة، وكأنني أهتم! فلتذهب البيئة وأصدقاؤها إلى الجحيم، ألا يكفي عدم وجود هاتف؟

خرجتُ من الغرفة، وتوجهتُ إلى مكان بعيد عن الأنظار وأشعلت سيجارتي. كان صمت الصحراء، الخالي من أي شوائب، كافيًا لإراحة أعصاب أي شخص على كوكب الأرض. كان هذا الصمت يخلص أذنَيَّ من سموم أصوات السيارات ومكبرات الصوت والعصافير والبائعين المتجولين وزملائي في البنك، ومن كل شيء وكل شخص.

ـ التدخين ممنوع.

أفزعتني هذه الجملة التي قطعت بها «كيارا» تأملاتي، ما جعلها تضحك عاليًا.

أجبتها بلا اكتراث:

ـ أعلم أنه ممنوع، ولكني لا أهتم؛ أريد أن أدخن.

قالت «كيارا»:

ـ أنا أيضًا ابتعدت لأدخن. أحيانًا، يجب علينا كسر قاعدة أو اثنتين، فذلك يعطينا الدفعة والطاقة لاتباع القواعد الأخرى، لأن القواعد كثيرة جدًّا!

أشعلت سيجارتها، وأنا أنظر إليها مبتسمة في استغراب؛ توقعتُ أن تصرخ فيَّ وتؤنبني، ولكنها فاجأتني برد فعلها، وهو ما أثار إعجابي. فقدت القدرة على الانبهار مؤخرًا.

تولت «كيارا» دفة الحديث، وأنا لم أمانع في الكلام معها. كانت تدرك جيدًا ماذا تسأل، وكيف تسأل، ومتى تصمت وتستمع.

وجدت نفسي أحكي لها كل شيء: عن حياتي، وعن الكتابة، وعن عمر، وعن عملي الذي أكرهه، وعن زواجي الذي صار مهددًا بالانهيار في أي لحظة، وعن شمس وصداقتنا التي تخفُت تدريجيًا حتى أوشكت على الاختفاء، وعن ألم ظهري، وعن كرهي للحياة، وللأيام، ولكل شيء تقريبًا. حكيت لها كيف فقد كل شيء مذاقه.

سألتني «كيارا»:

ـ لماذا توقفتِ عن الكتابة؟

ـ لم أتوقف عنها، بل توقفت الكلمات عني. فقدتُ القدرة على وصل عقلي بأصابعي. كلما حاولت الكتابة، وجدتني أمام صفحة بيضاء خالية من أي شيء، وعجزت عن التعبير. لم أعد قادرة على تحويل أفكاري إلى كلمات واضحة. مع الوقت، توقفتُ أيضًا عن المحاولة.

ـ لا تترك الموهبةُ الإنسانَ. قد تغضب منه، قد تتخذ موقفًا دفاعيًّا تجاهه في محاولة منها لإعادته إلى رشده، ولكنها لا تتركه إطلاقًا. هل تشتاقين إليها؟

تجاهلت سؤال «كيارا» وسألتها عن نفسها.

حكت لي هي أيضًا عن حياتها في إيطاليا، وعن وقوعها في حب الترحال، وعن شغفها باليوجا الذي جعلها تجوب العالم لتعليمها ونشر ثقافتها في البلاد المختلفة. ثم سألتني:

ـ بما أنكِ من محبي القراءة، هل سبق أن سمعتِ عن شيء يُسمى «كونداليني»؟

ـ لا، لم أسمع به من قبل. ما هذا؟ ماذا يعني؟

ـ «أوكي»، الموضوع طويل. «كونداليني» هي نوع من أنواع اليوجا، تعتمد، أكثر من غيرها، على التأمل وتمارين التنفس وتدريبات بعينها. نوع مميز وغير منتشر على الإطلاق، إلا في نطاق ضيق جدًّا. اليوجا، كما تعرفين طبعًا، تنحدر من الثقافة الهندية خاصةً الديانة الهندوسية.

أومأت برأسي أؤكد على آخر جملة.

أكملت «كيارا» حديثها:

ـ «الكونداليني»، في الهندوسية، هي طاقة كامنة في أسفل العمود الفقري، على شكل دائرة ملفوفة حول نفسها، طاقة مقدسة ومؤثرة جدًّا. يؤمن الهندوس أن هذه الطاقة، أو هذه الدائرة، قد تؤدي إلى تحرير الروح من كل الهموم والآلام. طاقة «الكونداليني» تقع في هذه الدائرة...

أمسكت بي وأشارت إلى أسفل ظهري عند منطقة الألم المعتاد تحديدًا.

أشعلَت سيجارة وتابعت الكلام:

ـ هذه الدائرة قد تتعقد نتيجة لتجاهل الإنسان للتدريبات الروحية

والتأملية، وتركيزه فقط على المادة في حياته، تجاهل نفسه والتركيز فيما حوله فقط. كلما تعقدت هذه الدائرة، تسببت في آلام نفسية وجسدية أيضًا.

من المفترض أن تكون طاقة «الكونداليني» حرة، تتجوَّل من أسفل ظهرك إلى أعلى رأسك، عن طريق دوائر طاقة محددة في جسدك... اعذريني، هل مللتِ؟ هل أتحدث كثيرًا؟

هكذا سألتني «كيارا» فجأة، فأجبتها وأنا أشعل سيجارة أخرى:

ـ لا لا، على العكس، ما تقولينه مثير للاهتمام. أكملي من فضلك.

سألتني وهي تحاول أن تتذكر:

ـ «أوكي»، توقفت عند...؟

أجبتها:

ـ دوائر الطاقة.

ـ نعم. دوائر الطاقة هي سبع، تُسمى «شاكرا». كل «شاكرا» تمثل شيئًا في حياة الإنسان. «شاكرا» تمثل الأمان، وأخرى الحب، إلخ. إذا اختلت «شاكرا» من «الشاكرات»، تتسبب في ألم نفسي يتجاهله عادةً الإنسان إلى أن يتفاقم، وهنا تبدأ كل المشكلات في الظهور. كل «شاكرا» لها داءان: الخمول أو فرط نشاط. دور يوجا «الكونداليني» هو إعادة التوازن إلى هذه «الشاكرات»، كي تدور في جسد الإنسان بشكل طبيعي يتيح لطاقة «الكونداليني» الكامنة أسفل ظهره، التحرر والتحرك.

قلتُ وأنا أنفث دخان سيجارتي بعيدًا:

ـ هذا مثير للاهتمام.

قالت لي في حماس:

ـ يمكنني أن أعيدك إلى الكتابة، يمكنني أن أشفي ألم ظهرك إلى الأبد.

أجبتها ضاحكة:

ـ ليت الأمر بهذه السهولة يا «كيارا».

ـ الأمر ليس سهلًا فعلًا، أنتِ على حق، بل إنه يحتاج إلى تفرغ تام. سأقيم معسكرًا في مدينة جوا بالهند الشهر القادم، ثلاثة أشهر ونصف تقريبًا. وأعدك أنكِ ستخرجين منه إنسانة جديدة ومختلفة! ما رأيك؟

ـ أتمنى لو استطعت، لكنني متزوجة، ولا يمكنني ترك المنزل كل هذه الفترة. ثانيًا لا أعتقد أن ما فشل فيه الطب ستنجح فيه «شاكراتك». ثالثًا، أنا أعمل في بنك كما ذكرت لكِ، لن يوافقوا على تغيُّبي كل هذه المدة.

ـ أحيانًا يجب علينا أن نتخلى عن البعض للحفاظ على الكل. لماذا تهتمين بعمل تكرهينه في الأساس وتودين التخلص منه؟ أما عن زوجك، فبالتأكيد تهمه سعادتك وشفاؤك أكثر من وجودك معه بكل هذا الألم والحزن! أنتِ جربتِ كل التعليمات والأساليب الطبية ولم تؤتِ ثمارها، ربما هذا سبب أقوى يجعلك تجربين شكلًا آخر من العلاج!

كان رد «كيارا» مقنعًا للغاية، ولكن جزءًا مني رفض التعلق بمثل هذا الأمل. ربما تريد مني «كيارا» الانضمام فقط من أجل المال، مثل السماسرة اللعناء الذين يوهمونك بأن لديهم البيت المثالي لك، ولكن

٢٤

في النهاية لا يهتمون بك على الإطلاق، يتحملون طلباتك وأسئلتك السخيفة من أجل العمولة فقط لا غير.

أجبتها باقتضاب، معلنة انتهاء المناقشة:

ـ صعب. ربما في فرصة أخرى!

أطفأتُ سيجارتي واستأذنتها لأتوجه إلى الغرفة.

وقبل أن أختفي عن أنظارها، قالت لي:

ـ نظن في كثير من الأوقات أننا مقيدون فعلًا، ونحاول البحث عن الحرية، لكننا في الحقيقة نختلق القيود ونصطنع الصراعات فقط لنبدو على القدر الكافي من المعاناة أمام أنفسنا وأمام الآخرين.

ذهبت إلى الغرفة وأنا أسخر من «الشاكرا» ومن الطاقة ومن «كيارا».

كان اليوم الثاني والأخير في الرحلة مماثلًا إلى حد كبير لليوم الأول، جلسات مختلفة من اليوجا والتأمل، ثم إعداد حقائبنا استعدادًا للعودة إلى القاهرة.

دلفت «كيارا» إلى الغرفة لكي تجمع حاجياتها، وألقت عليَّ التحية وبادلتها بمثلها.

قالت في هدوء بإنجليزيتها الركيكة، وهي تلملم أغراضها:

ـ أجدد عرضي. امنحيني الفرصة لكي أشفي ما تعانين منه. سأترك لكِ الكارت الخاص بي لكي تهاتفيني بالموافقة في أي وقت. باب الحجز في المعسكر سيُغلق الأسبوع القادم. لديكِ الوقت الكافي للتفكير.

عدت إلى القاهرة، وبالطبع اعتذرت لأدهم، الذي كان غيابي قد

خفف من موجة غضبه كثيرًا. حكيت له عن الرحلة، وعن الفندق العجيب، وعن «كيارا». سألته:

ـ مش عارفة أبطل تفكير في كلامها. تفتكر كلامها صح؟

ـ أكيد مش عارف. بتفكري تسافري معاها فعلًا؟

ـ مش عارفة، تلات شهور كتير برضه.

ثم سألته في دلال:

ـ هاوحشك لو سافرت؟

أجاب في برود:

ـ إنتِ كده كده واحشاني وانتِ جنبي. لو حاسة إنك عايزة تسافري، سافري.

خرج أدهم في مقابلة عمل ليلية، وجلستُ في الشرفة أفكر. هاتفتُ شمس وأخبرته بكل ما حدث. شجعني على السفر، وأخبرني صراحة ـ ونحن تعاهدنا على الصراحة في صداقتنا ـ أنني أصبحت لا أُطاق، كثيرة الانفعال، سريعة الغضب، رافضة لكل أنواع الدعم والمساندة والمساعدة، كأنني أتعمد خسارة كل أحبائي، وكأنني أتعمد إيذاء نفسي. ليس الأمر مجرد مزاج سيئ أو فترة كئيبة. أترك نفسي للتيار، مستسلمة للحزن والألم على نحو يدعو للقلق، فاقدة الشهية لكل ما وقعتُ في غرامه مثل الكتابة والسفر. زواجي ليس في أحسن حالاته. أليس أدهم هذا حب حياتي؟ لماذا أصر بغباء على خسارة كل شيء؟

أنهيت المكالمة مع شمس بدموع تأبى الخروج، تجمعت في عينيَّ في عناد، كأنها ترفض ما سمعتُه سواء من أدهم أو من شمس.

دخلتُ غرفتي، وأخذت أرتب الفوضى فيها بتوتر، ثم في لحظة معينة، لمحتُ نفسي في المرآة. كانت تلك اللحظة النادرة التي تنظر فيها إلى نفسك في المرآة، لتدرك أن كل ما قالوه عنك في لحظات غضبهم حقيقة!

وسرعان ما هاتفت «كيارا»، وأخبرتها برغبتي في الانضمام إلى معسكر الهند.

«الشاكرا» الأولى: «مولادهارا» «شاكرا» الجذر

في عصر يوم هادئ، كان الإله «جانيشا» ذو رأس الفيل يلعب في حديقة المنزل الكبير تحت الأشجار برفقة شقيقه «سابراهمانيا»، الذي كانت طبيعته مختلفة تمامًا. كان سريعًا، وتنافسيًّا، ومقاتلًا، في حين يبدو «جانيشا» هادئ الطباع ورقيقًا. مل «سابراهمانيا» اللعب في الحديقة والورود والقفز هنا وهناك، فطرأت في عقله فكرة: ذهب إلى شقيقه وتحداه أن يسابقه في دورة حول العالم، ومن ينهي السباق أولًا فهو الفائز.

قبِل «جانيشا» التحدي؛ كان يحب أخاه كثيرًا ولا يرفض له أي طلب. اختفى «سابراهمانيا» بسرعة ليبدأ السباق، ولم يُرَ منه إلا بعض ذرات الرمال في الحديقة، خلفتها سرعة ركضه.

نظر «جانيشا» إلى السماء، ثم دار حول كل من والده ووالدته،

الإله «شيفا» وزوجته «بارافاتي»، ثم جلس تحت الأشجار في انتظار «سابراهمانيا». بعد دقائق قليلة ظهر أخوه، وتوجه إلى والديه لكي يعلناه فائزًا، إلا أنهما شرحا له أن «جانيشا» هو من فاز بالسباق، لأنه أدرك أن عالمه لا يعني شيئًا من دون أبيه وأمه، فهما يمثلان العالم بالنسبة إليه.

فاز «جانيشا» بالسباق من دون مجهود، ولكن بكل حب وتقدير.

✳ ✳ ✳

جلسنا على أرض حديقة الفيلَّا التي سكنتها مجموعة معسكر اليوجا. نبهت علينا «كيارا» أن نفترش الأرض نفسها، من دون أي عازل أو فاصل. تعالت همهمات المجموعة، ثم بدأت الأصوات تخفت تدريجيًّا عندما بدأت «كيارا» حديثها:

ـ مرحبًا بكم في الهند، شكرًا لثقتكم بي، وقطعكم كل هذه المسافات من مختلف البلدان. أنا واثقة تمام الثقة بأن هذه التجربة ستشكل نقطة محورية وفاصلة في حياتكم. لا يأتي إلى هنا إلا من وصل إلى الحافة واستطاع، بشجاعة، أن يعدل عن قرار السقوط.

اليوم نبدأ معًا الجلسة الأولى من جلسات إعادة التوازن إلى «الشاكرات». اليوم نبدأ معًا «الشاكرا» الأولى من أصل سبع: «المولادهارا». «شاكرا المولادهارا» هي مركز تقوع طاقة «الكونداليني» النقية، المقدسة، التي تساهم في إعادة التوازن إلى أرواحنا وحياتنا.

٣٠

هذه «الشاكرا» تمثل الإحساس بالأمان. هي حجر الأساس الذي يُبنى عليه كل شيء، إذا اختل هذا الأساس، سينهار المبنى، إذا اختل هذا الأساس، سيعيش سكان المبنى في قلق وخوف ورعب. تتعلق هذه «الشاكرا» بالحفر بعمق داخل الذكريات، خاصة المتعلقة بالطفولة.. ترتبط بعلاقاتنا العائلية بالذات.

يتسبب خلل هذه «الشاكرا» في كثير من الأمراض الجسدية، مثل مشكلات المثانة وألم أسفل الظهر والقولون. كلما اختنقت «الكونداليني» بداخل «الشاكرا»، ظهر الألم أكثر وأكثر في أجسادنا ونفوسنا.

ما أريد منكم أن تتبعوه في هذا المعسكر، هو أولًا الابتعاد عن الهاتف المحمول قدر الإمكان، ساعة واحدة في اليوم تكفي، وممنوع منعًا باتًّا استخدام مواقع التواصل الاجتماعي، فهي تسبب التشويش على أفكاركم، وتمنعكم من الانتباه إلى ما يحيط بكم والتفاعل معه. ثانيًا، أريد منكم الكتابة عن مشاعركم بعد كل جلسة. حاولوا صياغتها في أي شكل يحلو لكم، المهم هو إفراغ هذه المشاعر بالطريقة القديمة: الورقة والقلم!

تنحنحت «كيارا» وتابعت حديثها:

ـ في الهندوسية، يؤمن البعض بأن الإله «كريشنا» خلق العالم عن طريق ذبذبات الأصوات، لما لها من قدرة هائلة على تحريك الطاقات. ولأن اليوجا جاءت من المعتنق الهندوسي وامتدت إلى المعتنق البوذي أيضًا كمجموعة من الحركات الجسدية وضعيات التأمل التي تساعد على تهذيب النفس والتحكم

في العقل، فقد صار للأصوات ولنغمات الحناجر جزء أساسي من تدريبات يوجا «الكونداليني» يُسمى «المانترا»، ومهمته في الأساس هي الحفاظ على تركيز المتدرب والمعلم أيضًا: ترسل ذبذبات حناجرنا تلك الأصوات والنغمات إلى مراكز «الشاكرا» لتنبهها أننا قادمون، وتجعلها مستعدة لاستقبالنا.

«أونج نامو جورو ديف نامو»

أنحني للحكمة الفصيحة المقدسة

أنحني للمعلم المقدس بداخلي

رددت «كيارا» هذه «المانترا» بصوت عالٍ، معلنة بداية الجلسة. ألتفتُ حولي في هدوء كي لا يلاحظني أحد وأنا أتأكد من صحة وضعيتي في الجلوس. هل أغمض عينيَّ؟ لا، ليس الآن. حسنًا. أفرد ظهري في وضع مستقيم قدر الإمكان، أعقد ساقيَّ واحدة فوق الأخرى، أضع الذراع اليمنى فوق الساق اليمنى، والذراع اليسرى فوق الساق اليسرى. أنا الآن مستعدة، عليَّ فقط أن أنشد معهم.

أونج نامو...

يحاول عقلي تشتيت ذهني بكل ما أوتي من قوة. أتذكر السمكة «نيمو»، والسمكة «دوري»، وينقبض قلبي فجأة عندما أعجز عن تذكر المكان الذي وضعت فيه جواز سفري. لن يختفي فجأة في الغرفة، بالتأكيد. ثم لماذا أفكر في جواز السفر الآن أصلًا؟

أشعر باقتراب خطوات. إنها معلمة اليوجا، تنحني فوق أذني وتهمس لي:

ـ استمري في محاولة تصفية ذهنك. رددي «المانترا» واشعري

بكل حرف فيها، ووجهي تركيزك إلى الحروف والأصوات التي تخرج منكِ. تذكري أن هذه الجلسة هي أساس كل شيء نعمل عليه. تذكري ألم ظهرك، وتذكري أنكِ في طريقك إلى التخلص منه إلى الأبد. أنتِ على وشك دخول تجربة ليس لها مثيل، ولكنها تبدأ من داخلك، من رغبتك الشخصية. حاولي تصفية ذهنك قدر الإمكان.

أعاهد نفسي على الإصغاء إلى المعلمة بدلًا من أفكاري العشوائية. أعقد يديَّ على شكل مثلث في منتصف صدري وأنا أردد «المانترا». تخفت الأصوات في عقلي قليلًا. حسنًا، بداية جيدة. أرفع يديَّ وذراعيَّ ببطء على شكل مثلث طويل يعلو رأسي. هل أنا حمقاء وحدي أم أن جميع من حولي يفعل مثلي؟ هل ينظرون إليَّ الآن ويضحكون؟ «ماذا تفعل هذه البلهاء؟». أفتح عينيَّ قليلًا فأجد الجميع مثلي، أذرعهم إلى أعلى. أهدأ قليلًا وأغمض عينيَّ مجددًا. أشعر باقتراب خطوات مرة أخرى. تعدِّل المعلمة من وضعية ذراعيَّ حتى تجعلهما تلامسان أذنيَّ، وتفردهما وتضغط على ظهري لكي يبدو أكثر استقامة. تخفت الأصوات من حولي ويبقى صوتي وحيدًا يردد «المانترا». طلبت المعلمة أن نحاول تنظيم النَّفَس قدر الإمكان، وبالسرعة التي تريحنا. شهيق من الحجاب الحاجز حتى يملأ الهواء بطني ورئتيَّ، ثم زفير ببطء وهدوء. «تذكري: أنتِ المتحكم الأول والأخير، أنتِ ولا أحد سواكِ»!

ينتظم صوتي في ترديد «المانترا» مع أصوات الجميع من حولي. أشعر كأننا واحد، أصغي إلى المعلمة في تركيز. تمتد الآن ذراعاي من

الأعلى في هدوء إلى الأمام. تنخفضان شيئًا فشيئًا، وأنخفض معهما مع الحفاظ على تنظيم النفس. تلامس يداي الأرض، وينخفض الجزء العلوي من جسمي حتى يلامس ورأسي الأرض.

ـ يجب أن ندرك حقيقتنا الأم، أن ننحني أمامها ونُقدرها، نتغلغل فيها ونتركها تتغلغل فينا، حتى نستطيع التحرر منها، تنسانا وننساها وتتركنا لنعيش في ذاتنا الحالية.

أنحني الآن في وضعية الجنين، أو كما تُطلق عليها «كيارا»: «بالاسانا»!

كم من الوقت مضى وأنا في هذه الوضعية؟ لا أعلم، ولكني أشعر الآن بالأصوات تخفت من حولي. يبتعد صوت معلمة اليوجا ببطء، ويبدو لي كما لو أني أسمعها من الجانب الآخر لنفق مظلم طويل، أسير فيه في اتجاه مكان غير معلوم. وتُردد:

ـ دع الطفل في داخلك يخرج. أطلق العنان للطفل بداخلك، ليتحدث. اترك نفسك للطفل بداخلك، ليأخذك إلى عوالم لم تعلم بوجودها من قبل.

* * *

مايو ١٩٩٢، عيادة كئيبة يسودها الصمت. الجدران بنية اللون، أو أن طلاءها أبيض وتراكمت عليها الأتربة والهموم مع الوقت، الكراسي صغيرة جدًّا وغير مريحة على الإطلاق. لا يقطع صوت الأنفاس التي تعلو وتهبط في انتظار الدخول إلى الطبيب سوى طنين خافت، ولكنه مزعج، من مروحة السقف التي لا تكفي للتخفيف من الحر داخل العيادة، عيادة الدكتور ناجي الشاذلي، طبيب النساء والتوليد.

يجلس الثنائي شريف ومنال في انتظار دورهما للدخول. على الرغم من الهدوء المسيطر عليهما، فإن مئات الأفكار تجري داخل ذهنيهما، وتتعالى ضربات قلبيهما كلما اقترب دورهما لزيارة الطبيب. منال في الشهر السادس تقريبًا، لم تفلح المحاولات في كل الشهور السابقة لمعرفة جنس الجنين، الأمر الذي كان مهمًّا وفارقًا جدًّا بالنسبة إلى زوجها شريف.

شريف يشعر بالضآلة وقلة الثقة بالنفس. لم يتحمل كم التنظير من والديه على ضرورة وجود ذكر يحمل اسمه للمستقبل. رزق الله شقيقيه بذكور، وعندما وُلدت ابنته الأولى، شعر بالضآلة تتعاظم داخله إذ التقت نظراته بنظرات والديه وشقيقيه وكل عائلته في المستشفى. عائلته تقليدية جدًّا، وقد أقسم بالله في الماضي ألا يدعهم يتحكمون فيه ويتوغلون بأفكارهم الرجعية داخل رأسه. لكن هيهات، ها هو دخل بنفسه داخل الدوامة. والمشكلة الأكبر أنه أصبح مقتنعًا جدًّا بها، ومؤمنًا بأهميتها. من سيحمل اسمي بعد مماتي؟ من سيخلد ذكري؟ يغيظه برود منال تجاه الحمل والولادة، ويغيظه أكثر هذا الجنين الذي يرفض الإفصاح عن جنسه حتى الآن، يجلس داخل بطن والدته مديرًا ظهره إلى الخارج، حتى عجز الطبيب أكثر من مرة عن معرفة ما إذا كان ذكرًا أو أنثى. كانت حياته مع منال حلقة مفرغة لا تنتهي من برود من جانبها يؤدي به إلى الجنون أحيانًا. ليس عندها أي مشكلة مع أي شيء على الإطلاق. مرتب ضئيل؟ تستطيع تدبير المنزل به. أول مولود أنثى؟ تقول: «ستصبح أحن علينا من الذكر». أشقاء وعائلة يتغامزون ويتلامزون؟ «دعك منهم فهم غافلون».

لا ترى أي مشكلة على الإطلاق، وهذا يزيد من حنقه وغضبه. تمنى لو استطاعت الشعور بالبراكين الثائرة بداخله...

ما الذكر العظيم الذي يريد شريف تخليده بوجود ذَكر يحمل اسمه؟ يقفز هذا السؤال في ذهن منال كلما سرحت في أفكار شريف بخصوص المولود القادم، فهو يعمل موظفًا حكوميًّا، مثله مثل ملايين من المصريين. لا شيء مميزًا يُذكر، ليست لديه ثروة عملاقة مثلًا، اللهم إلا الجنيهات الهزيلة التي يقبضها كل أول شهر. نوع من تعظيم الذات، زرعته فيه عائلته، استطاع أن يقلب حياتها إلى جحيم حقيقي. هو الأفضل والأحسن والأكثر وسامة، من دون دليل مادي على ما يقولون، وعلى ما يصدقه منهم شريف نفسه. لم تكن منال مهتمة بجنس المولود بقدر اهتمامها بألا يحول شريف أيامها القادمة إلى دراما رخيصة من لعن القدر ولعن الحياة ولعنها هي شخصيًّا، لأنها لم تنجب إلا أنثى. تفكير مهين وساذج، ولا تدري متى استسلمت هي أيضًا لهذه الدوامة، دوامة الخوف من شريف وتقلباته المزاجية، والخوف من يد شريف التي قد تنهال عليها في أي وقت، والخوف من ولادة أنثى أخرى، على الرغم من تفضيلها للفتيات على الذكور كأطفال لها. وُلدت في عائلة لا تعرف الفرق بين الذكر والأنثى. كانت تفعل كل ما يحلو لها، ووالدها يؤمن بها إيمانًا كاملًا، ويؤكد لها دائمًا أنها تستطيع فعل المستحيل إذا أرادت. ثم فجأة وجدت نفسها مع شريف، المختلف تمامًا عنها. ربما كان خطأها من البداية، أن تقبل أول عرض زواج يأتيها بعد فشل علاقة حب انتهت بزواج الطرف الآخر، ولكنها بالتأكيد لن

تلوم نفسها على الأمراض النفسية التي تجتاح شريف الجالس بجانبها. كان يهيم بها عشقًا، وعملت بمقولة والدتها: «خُدي اللي يحبك وماتخديش اللي تحبيه». وها هي مع من يحبها، وقد شحب وجهها، وبهتت أحلامها، وتوالت أيامها واحدًا تلو الآخر من دون أي أمل في التغيير.

أصر شريف على نحو غريب على إنجاب طفل آخر، على الرغم من أنهم الثلاثة يعيشون بمستوى أقل من المعقول، وشاء القدير أن تظهر مشكلة صحية في الرحم تمنعها من الحمل مرة أخرى. وللمرة الأولى في حياتها، شكرت الله على المرض، ولكن تذمر شريف الدائم جعلها تنجر إلى اقتراض نقود، وإجراء عمليات مختلفة أوهنت من جسدها أكثر وأكثر، إلى أن استطاعت ـ للأسف ـ الحمل مرة أخرى. حمل جديد، وتوتر جديد، وعصبية جديدة، واليد نفسها تسقط مرة على وجهها ومرة على ظهرها لأسباب واهية. كانت دائمًا تقول إنها لم تصل قَطُّ إلى مرحلة الكره تجاه شخص أو شيء، لكنها اكتشفت، مع مرور الأيام، أنها تكره الضربة الغادرة من شريف، التي تصيبها من دون أن تتوقعها في أثناء نقاش طبيعي، أو إعدادها الطعام.

ـ أستاذ شريف السيد ومدام منال، اتفضلوا.

تعالى صوت الممرضة بهذه الجملة، وتعالت معها دقات قلبَي الثنائي البائس.

غمغم شريف:

ـ يا رب ولد.

غمغمت منال:

ـ يا رب الرحمة!

* * *

شعر شريف بكل خلاياه العصبية تتراقص عندما سمع من الطبيب كلمة «ولد». ما هذا الشعور؟ ولماذا غاب عنه كل هذه الفترة؟ يشعر بكل قطرة من قطرات دمه وهي تجري احتفالًا في عروقه. باقٍ من الزمن ثلاثة أشهر فقط، وسيقابل حلم العمر، الذكر الذي انتظره على أحر من الجمر. تخيل نظرات أبيه الفخور به، وأحضان أمه الخالية من أدعية تهمسها في أذنه على أمل أن يرزقه الله بذكر. تخيل أشقاءه، وجلوسه معهم كل خميس وهو ينفش ريشه بأنه يتفهم تمامًا ما يمرون به مع أولادهم، لأنه هو أيضًا لديه ولد مقارب لأعمار أبنائهم.

كان لوقع كلمة «ولد» على منال تأثير مختلف. لم تكن تأبه بجنس الكائن القابع في أحشائها، بقدر اطمئنانها للأيام القادمة. سيهدأ شريف، ستمر أيامها أخيرًا بسلاسة ومن دون تأنيب ضمير على خطأ ـ لو يصح أن تطلق عليه «خطأ» ـ لم ترتكبه ولم يكن لها ذنب فيه. ستمر الدعوات العائلية بلطافة من جانب أسرة شريف المقيتة.

المحطة الأولى في طريق العودة من عند الطبيب هي المرور على عائلة شريف طبعًا. أمسك شريف بيد منال طوال الطريق، لم يتركها. مع مرور الدقائق، كانت تنظر إلى يده في تعجب، كأنه تحول إلى شخص آخر مع نزولهما من عيادة د. ناجي. كان شريف يمرر

٣٨

أنامله على أطراف أصابعها في أثناء سيرهما، وكان هذا يترك في نفسها إحساسًا مر دهر من الزمن منذ أن شعرت به بداخلها، وهو الاطمئنان، فالإحساس الأروع في العالم ليس أن تحب أو أن تتجرد من كل ما يقيدك، بل أن تطمئن!

أحضان وضحكات حقيقية من عائلة زائفة علت في منزل أسرة شريف بعد أن زف إليهم الخبر السار. جلست منال في هدوء على كرسي في ركن من المنزل، تراقب مَن حولها وهي تحتسي كوب الشاي بالنعناع المُر الذي لم تعرف هذه الأسرة غيره لتقدمه لها. كان الموقف حولها جنونيًّا، أصواتهم عالية جدًّا، ابتسامات وافتراضات واقتراحات لأسماء، وكان كل الحديث موجهًا إلى شريف وحده، كأنما هي شبح، لا شيء يُذكر، هي فقط وعاء قدمته الحياة لشريف، لأنه أفضل من الجميع، لكي يحمل له الذكر المنشود. شعرت بأن الهواء يضيق عليها في هذا الركن وهذا المنزل تحديدًا، تعللت بالإرهاق وبوجوب المرور على عائلتها لكي تنهي هذا الاحتفال الرخيص.

لم تفارق يد شريف يدها مرة أخرى في الطريق إلى عائلتها. قررت أن تتوقف عن التفكير، وعن تحليل هذا التصرف، وأن تستمتع به ولو لدقائق معدودة في الطريق إلى بيت أسرتها.

تعالت الأصوات في منزل أسرة منال، أصوات اختلطت فيها فرحة وجود منال في منزل العائلة، وابنتها التي ملأت البيت لعبًا ومرحًا في فترة وجود والديها عند الطبيب، ووالدها الذي أصر على دور قهوة للجميع احتفالًا بـ«اللمة الحلوة». تاهت منال بين أهلها، وقد

أشرق وجهها بين اللعب مع ابنتها وشقيقاتها، والمزاح مع والدتها، وامتنانها لصوت وردة الذي طالما ملأ المنزل بإحساس بالدفء والحب لكل شيء.

إنت الأمل والمنى والدنيا والأحلام
وانا من رضاك بابتسم للغيب وللأيام

انزوى شريف في الشرفة يدخن سيجارة في انتظار القهوة التي يتخصص فيها حموه. نظر إلى الداخل متعجبًا مما يحدث، لم يهتم أحد منهم بالمولود الآتي، أو على الأرجح لم يهتم أحد منهم بالذكر القادم إلى هذا البيت الذي لم يعرف ذكورًا إلا رب المنزل. كان يؤكد في كل جملة في أثناء الحديث مع عائلة منال أن المولود ذكر، فيجد وقع الكلمة ينساب انسيابًا عاديًا بين الكلمات الأخرى. ربما ورثت منال هذا البرود من عائلتها، برود متوارث إذن لا فائدة من معالجته، وسيضطر إلى التعايش معه ما تبقى من العمر.

جاءت القهوة لتجمع كل مَن في المنزل حول المائدة، وأشعل الأب السجائر، موزعًا منها على زوجته وعلى زوج ابنته. ابتسم شريف ابتسامة سخرية تعرفها منال جيدًا، يبتسمها شريف عندما يهم بإطلاق تعليق منعدم الذوق، ويغلفه بطابع السخرية والضحك. قال وهو ينظر بنظرة خبيثة إلى أم منال المُدخنة:

ـ والله يا عمي إنت راجل طيب. آخر حاجة أعرفها إن الستات بتاكل بعد ما الرجالة بتقعد على ترابيزة ويبتدوا ياكلوا، لكن ماوصلنيش موضوع السجاير ده.

شعرت منال كما لو أن دلوًا من الثلج انقلب على رأسها بعد تعليق

شريف. ماذا به، هذا المخبول؟ كان شريف يحب حرية عائلة منال، وفي فترة الخطوبة، كان يتردد على المنزل خصوصًا من أجل فقرة القهوة والسجائر مع والد منال ووالدتها، وصوت وردة الذي يشدو وأصوات كل مَن في المنزل تعلو معها. كيف يجرؤ على التعليق بهذا الشكل؟ وأمام شقيقاتها ووالدتها ووالدها نفسه؟!

شعر أمين، والد منال، بالحرج الذي وقع على ابنته، فابتسم ابتسامة بسيطة ثم رد بنبرة هادئة:

ـ وإنت هتعرف الجديد منين يا شريف يا ابني؟ ما احنا اللي بنعلمك وبنعرفك كل حاجة من ساعة ما دخلت البيت ده... قوم هاتلنا ميه بقى نبلع بيها.. قوم كده بدل ما قلة الحركة في البيت خلتك شبه الدولاب.

ثم التفت إلى زوجته قائلًا:

ـ حلوة السيجارة دي يا سميرة مش كده؟ جديدة دي من أوروبا، واحد صاحبي من بلاد بره رجع بخرطوشة ووزع على كل واحد علبة.

كان الصمت مطبقًا على منال وشريف طوال الطريق إلى المنزل، وحتى بعد الوصول، وتغيير الثياب، ووضع ابنتهما في فراشها، والاستعداد لتناول العشاء. وضعت منال طبقين من الساندوتشات التي أعدتها في سرعة وخفة على المائدة، وناولت طبقًا منهما لشريف، وجلسا يأكلان في صمت لم يكسره إلا جرس هاتف المنزل، ما أثار حفيظة شريف وقلق منال من الشخص الذي قرر الاتصال في هذا الوقت المتأخر من الليل.

ـ الحاج أمين تعيش انت يا أستاذ شريف. تعالوا بسرعة لأحسن الست سميرة والبنات واقعين من طولهم!

دوت كلمات عم عبده، العامل بالسوبرماركت أسفل بناية عائلة منال، كالقنبلة في أذن شريف الذي جحظت عيناه، ما جعل منال تهرول باتجاه الهاتف على الرغم من حملها، وتمسك بالسماعة، فترددت الكلمات نفسها من عم عبده على أذنها التي انطلق فيها طنين قوي جدًّا وهي تنظر إلى عينَي شريف المليئتين بالدموع وهو يحتضنها.

كان شريف يعلم أهمية الحاج أمين لابنته منال. لا تكف إطلاقًا عن سرد كم المواقف التي كان والدها خير سند لها فيها، فقد آمن بها وبقدراتها وبكل ما تريد تحقيقه، وكان يحب لمعة عينيها وهي تحكي عن شيء يهمها. يشاركها همومه ومشكلاته الشخصية مع والدتها بحكم أنها كبيرة شقيقاتها، ويلبي لها كل ما تحتاج إليه. وكانت هي تعلم قدرات والدها المادية فلا تثقل عليه. ربطت بينهما علاقة سحرية، مثل العلاقات في الأفلام، وكان شريف كثيرًا ما يشعر بالغيرة، ليس من والدها، ولكن من درجة التفاهم والقرب والقدرة على النقاش بينهما، فهو وُلد في عائلة يسود فيها الأمر المباشر من الأب، من دون تعليق أو محاولة للفهم والاستفسار، يأمر الأب فيطيعه الجميع طاعة عمياء. لذلك كان الحاج أمين وعائلته بمثابة عالم جديد ومختلف ومبهر لشريف، الذي أحب كل فرد من عائلة منال حبًّا جمًّا، لكن هذا لم يمنعه من الاستهزاء بحياتهم وأسلوبهم في التعامل، ولا من إهانتهم في كل مشاجرة مع منال.

كان يعلم جيدًا أن عائلة منال بمثابة خط أحمر لها، ويتلذذ برؤيتها تفقد أعصابها وتخرج عن برودها المعتاد كلما أمعن في الحديث بطريقة غير لائقة عنهم. كان يتعمد إهانة الأب والأم والعائلة كي يكسر ما تحتمي به.

* * *

مرت الأشهر الثلاثة المتبقية على الولادة في حزن وألم بالغَين. جرح هائل لا يلتئم إطلاقًا داخل منال، شيء يعتصر قلبها كلما عرجت على منزل عائلتها، ولم يتح لها أن تشم رائحة القهوة التي كان يعدها والدها. اختفى صوت وردة من المنزل، وحل مكانه صوت خافت لإذاعة القرآن الكريم. كانت منال تنظر حولها في المنزل، فتجده قد تحول فجأة إلى اللون الرمادي، كل شيء في البيت أصبح رماديًا. هل الألوان تجمل أيامنا، أم أن الأشخاص هم من يلونون حياتنا؟ جلست تربت في حنان على بطنها الممتلئ عن آخره. أخذت تفكر في أنه ربما كانت للقدر حكمة في وجود هذا الصبي الآن. ربما كان القدر يحاول أن يجعله سندًا لها بعد والدها. ربما كان القدر يريد أن تتواصل سيرة أبيها عن طريق حفيده، الحفيد الذي لن يراه أبدًا. ربما سينفخ الله فيه جزءًا من روح والدها.

في الوقت نفسه كان شريف يعد الأيام والليالي تشوقًا للقاء الابن. تحسنت علاقته كثيرًا بطفلته الأولى، كأنه رضي فجأة بقضاء الله بوجودها كأنثى، لأنه سيعوضه خلال أيام بذكر ينعش حياته. كان متحمسًا لكل تفصيلة، اشترى الملابس الزرقاء بنفسه، اشترى

٤٣

من الملابس ما سيكفي هذا الصبي لمدة لا تقل عن عام، وكثيرًا من الألعاب، وكثيرًا من الأحلام والتخيلات لمستقبل هذا الطفل القادم.

* * *

عندما كانت منال تشاهد الأفلام الدرامية الأجنبية، التي شاركت والدها في عشقها، كان هناك سؤال يلح دائمًا عليها: كيف يستطيع كُتاب هذه الأفلام أن يحبكوا أحداث القصة بهذا الشكل؟ وكيف يستطيع هؤلاء الكتاب تخيل كل هذه المبالغات؟ ظل هذا السؤال يتردد في ذهنها كثيرًا حتى سألت أباها في مرة. كان الحاج أمين هو المرجع، هو الأكثر اطلاعًا مع أنه لم يخرج خارج حدود مدينته، والأكثر خبرة، والأكثر تأثيرًا في العائلة بأفكاره المتقدمة. رد الحاج أمين على ابنته قائلًا:

ـ الحياة يا منال لسه هتشوفي فيها. كل شخص في الحياة محدود جدًّا في الحاجات اللي بيمر بيها، رغم إنه بيبقى فاكر إنها الأصعب وإنه الوحيد اللي بيتسلق الجبال وبيعدي الأنهار. إحنا مابنشوفش من اللي حوالينا غير اللي هما عايزينا نشوفه، ومش بنوريلهم غير اللي هما عايزين يشوفوه. صاحبتك اللي بتشوفيها كل يوم ساعتين تلاتة بالكتير إنتِ ما تعرفيش هي لما بتمشي وبتسيبك بيحصل إيه في يومها وحياتها، زي ما إنتِ كمان مش بتوريلها غير اللي إنتِ عايزاها تعرفه وتشوفه من حياتك. اللي بتقولي عليه «مبالغات» في السينما، ده ممكن يكون بيحصل في حياة الست أمينة اللي ساكنة فوقينا. هما يعني اللي

٤٤

بيكتبوا قصص الأفلام دول هيجيبوا القصص من عند البقال؟ ما هيجيبوها من اللي بيشوفوه!

لم تكن تدرك منال حينها أن حياتها ستتحول إلى فيلم درامي به حبكة عبقرية هي الأخرى.

* * *

اليوم الموعود، والموعد المنتظر بلهفة، يوم ولادة ابن منال وشريف.

كانت آلام الولادة هذه المرة صعبة جدًّا على منال. طمأنها الدكتور ناجي أن هم الذكور هكذا، مرهقون في ولادتهم وتربيتهم ونشأتهم، بل كهولتهم أيضًا. جهَّز طاقم التمريض منال ودفعها على السرير المتحرك باتجاه غرفة التخدير والولادة، ووقف على باب الغرفة شريف وأسرته، وأسرة منال، ولا تخلو شفاههم من التمتمة بالدعوات في هدوء، وأياديهم تحمل القرآن الكريم طمعًا في كرم الله أن تخرج منال والطفل بخير.

أجمل ما في الحياة، وأسوأ ما فيها أيضًا، هي لحظاتها غير المتوقعة. متعة قواعد الحياة أنها بلا قواعد، ليست هناك معادلة حسابية معينة يمكنك حلها فتأتيك نتيجة منطقية لحساباتك، ولا توجد نتائج منطقية لأفعالك. يتفاجأ الإنسان في كل مرة، ويظل يحاول تفسير ما يحدث، ويقضي أيامه بحثًا عن الحكمة وراء المواقف، حتى يموت.

أجمل ما في الإنسان، وأسوأ ما فيه أيضًا، هي توقعاته. يتوقع دائمًا نتيجة ما، أو موقفًا ما، على الرغم من كل الإحباطات غير المتوقعة التي مرت عليه. وتكمن السخرية في محاولاته الفاشلة

بالكذب على نفسه. تكمن السخرية في ترديده الدائم لنفسه أن عليه خفض سقف التوقعات، أو حتى التخلي عنها تمامًا. يتوقع تصرفًا ما من شخص ما، يتوقع حدثًا ما نتيجة لفعل ما، ثم يستيقظ كل يوم على أمل أن تخيب ظنونه وتتحقق توقعاته، فيمر اليوم مثل أي يوم آخر، ويدلف إلى سريره ليلًا ويتمنى تحقق توقعاته غدًا أو بعد غد، ولكن جزءًا منه، في أعماقه، يعلم أن الغد مثل أي غد، ومثل كل أمس.

مر ما يقرب من ساعة على وجود منال داخل غرفة العمليات، وزاد التوتر خارجها، وازدحمت الأفكار في رأس شريف: «إذا خيَّرني الطبيب بين حياة منال وحياة الطفل، من سأختار؟ الطفل؟ يا عيب الشوم يا شريف! إخص عليك. والعِشرة؟ تهون عليك مراتك؟ طب وبنتك مين يربيها؟».

ينقل شريف نظره إلى طفلته التي انهمكت باللعب مع خالتها: «عيلتي موجودة، وعيلة منال موجودة. بس لأ، إن شاء الله خير، ولن يضعني الله في هذا الموقف العسير. ربما...».

قطعت حبل أفكار شريف المريضة الممرضةُ التي خرجت في هدوء، ممسكة بلفة صغيرة بين ذراعيها.

ـ أحمدك يا رب.

هكذا همس شريف، والممرضة تقترب منه بابتسامة عريضة، وتطلب منه والعائلة أن يلقوا نظرة على المولود.

ـ الحمد لله المدام بخير. مبروك عليكم، بنوتة زي القمر!

مد شريف يده في حماسة، ليلتقط منها الطفل بلهفة، صائحًا:

ـ أحمدك يا رب! أحمدك يا رب! بنوتة إيه بس؟ هو عشان الواد طالع حلو شوية لأبوه تقولي بنوتة؟! تفِّي من بُقك.

تضاءلت ابتسامة الممرضة قليلًا وردت قائلة:

ـ ده مش ولد، دي بنت. هو مش حضرتك مراتك مدام منال اللي...

قطع حديث الممرضة صوت السرير المتحرك الذي يحمل منال وهي تخرج من غرفة العمليات، وخلفها يسير الدكتور ناجي بابتسامة عريضة، والتقى الطبيبُ شريفَ ضاحكًا:

ـ معلش بقى يا أستاذ شريف، كنا فاكرين السنيورة الصغيرة ولد يا سيدي، من كتر ما كانت مخاصمانا ومديانا ضهرها، بس طلعتلك بنت زي القمر، ربنا يباركلك فيها ويحرسهالك!

تسمر شريف في مكانه. ظل ينقل نظره بين وجه الدكتور ناجي والممرضة والطفل الذي تحمله الممرضة، وأفراد عائلته الذين أخذوا في تبادل الهمسات والنظرات. لا يستطيع النطق أو الحركة. ما هذا الخرف؟ بنت؟ بنت مين؟

لم يفِق إلا على صوت الدكتور ناجي مجددًا، يلوِّح مبتعدًا:

ـ أستاذ شريف، إبقى عدُّي عليهم في الحسابات تحت، عايزينك. ألف مبروك تاني، والحمد لله على سلامة المدام.

لكن شريف أخذ فجأة يركض خلف الدكتور ناجي، وقبض على عنقه من الخلف، وانهال عليه بكل ما أوتي من قوة بالضرب والركل والصفعات والسباب والشتائم، وهو يردد، مع كل ضربة وكل صفعة:

ـ وديت ابني فين يا حرامي العيال، يا ابنِّ الكلبُ؟

انتهى المشهد بالممرضات يركضن في كل مكان، وأمن المستشفى يحاول فض المشاجرة الهزلية، والطبيب يتوعد شريف بتحرير محضر مرفق بتقرير طبي لإصاباته الجسدية، وأن شريف سينتهي مستقبله لا محالة، وسيقضي ما تبقى من عمره في المحاكم. ونساء عائلة شريف يصرخن ثم يتهامسن في خبث، وشريف في حالة من الانفعال قد تؤدي بأي شخص إلى حد السكتة الدماغية تقريبًا.

انتهى شريف من حالة الهياج فجأة، وعدَّل من هندامه، واتجه بخطوات ثابتة وهدوء إلى غرفة منال. ما إن دخل حتى توترت شقيقتا منال ووالدتها: هل سيستكمل مشاجرته السخيفة هنا في غرفة الأخت والابنة الواهنة؟ اقترب شريف من منال، التي أفاقت من تأثير المخدر وبدأت تشعر بآلام ما بعد الولادة. جلس على حافة السرير، وأخذ ينظر إلى منال في ثبات وصمت مثيرَين للريبة، وصدره يعلو ويهبط بشكل واضح وجلي.

همست منال:

ـ شريف، البيبي فين؟ البيبي كويس؟

انتهى تساؤل منال بصفعة على وجهها من يد شريف، تردد صداها في أرجاء الغرفة، صفعة تلتها خطوات شريف خارج الغرفة، صفعة أفقدت منال الوعي، وتسببت في انهيار شقيقتَي منال ووالدتها، اللواتي انطلقن بحثًا عن طبيب أو ممرضة لإفاقة منال وإنقاذها بأقصى سرعة.

مر شريف بحضَّانة الأطفال، فأشارت له الممرضة بالانتظار، وقد غطت الطفلة بملابس وردية اللون، وطلبت منه التكبير في أذنيها. مال شريف باتجاه أذن الرضيعة، وما إن هم بالتكبير حتى انهمرت

دموعه كالسيل. ارتبكت الممرضة وأخذت الطفلة من يديه. دخل شريف في حالة من البكاء الهستيري وهو ينظر إلى سقف المستشفى، ولم تخرج منه إلا:

ـ ليه؟ ليه كده؟

كان يبكي كل حلم عاشه في خياله خلال الثلاثة أشهر الماضية، يبكي أوهام عقله التي جعلته يأمل أن يصبح هذا الصبي ضابط شرطة، يبكي في محاولة منه لمعرفة ما السبب وراء غضب الله عليه كي يرفعه إلى سابع السماوات ثم يطيح به في أقل من ساعة إلى سابع أرض.

ـ ليه؟ ليه كده؟

لم يتوقف عن البكاء إلا وهو يشعر بيد شقيقه تربت على كتفه. نظر شريف إلى شقيقه، ثم سار مبتعدًا باتجاه باب المستشفى وخرج منه. نادى عليه شقيقه أكثر من مرة، ولكنه كان يسير كالمنوَّم مغناطيسيًّا. خرج وابتعد، حتى ابتلعه زحام الشارع الرئيسي.

* * *

عدت إلى غرفتي وأنا أتصبب عرقًا بعد نهاية الجلسة الأولى مع «كيارا»، وبعد كل ما رأيته من أحداث. شعرت برغبة جارفة في الهروب في نوم عميق، ولكنني تذكرت تعليمات «كيارا»، وقد أكدت عليها مرة ثانية عند انتهاء الجلسة. وجدت قلمًا ورزمة من الأوراق على المكتب الصغير المنزوي في ركن من أركان الغرفة. جلست وأمسكت بالقلم. انتابني شعور غريب، شعور اشتقت إليه، شعور مألوف على الرغم من غرابته. توجهت يدي إلى الورق تلقائيًّا وشرعت في الكتابة.

جدو العزيز جدًّا،

لا داعي للسؤال عن أحوالك. أشعر أنك بخير حال أينما كنتَ حاليًا. لا حاجة إلى سؤال لا تتوافر له إجابة إلا في خيالاتنا، لا حاجة إلى سؤال لن ينتج عنه إلا مزيد من التساؤلات.

فاتك كتير! أولهم أنا، حفيدتك التي لم ترَها ولم تقابلها ولم تحتضنها، ولم تتسنَّ لها تجربة طعم قهوتك، لكن لا تقلق، حرصت على تشغيل وردة في خلفية كتابة هذا الجواب إليك؛ أعلم أنك تحبها. تمنيت لو استطعت أن أشعل لنا سيجارتين الآن، وأُعد لنا كوبين من القهوة لنتسامر بدلًا من هذه الكلمات المطولة، لكن لا بأس، أعلم أن للقدر حسابات أخرى لن أعرفها إلا بمجيئي إليك.

سمعت أنك كنت خفيف الظل وتحب الدعابات. دعني أبدأ جوابي الأول بأن أحكي لك قصة من نوع الكوميديا السوداء، تمامًا مثل النوع الذي كنتَ تفضله في الأفلام. الحكاية هي أن الطبيب أخطأ وشخصني كـ«ذكر»، والكوميديا أنني ولدتُ «أنثى»، أنثى ترتدي ملابس زرقاء وقمصانًا ذكورية لفترة لا تقل عن سنة. حكاية فيلم هايلة، مش كده؟

الحقيقة يا جدو (بالمناسبة، وقع هذه الكلمة، حتى عند كتابتها، لذيذ ومختلف)، عندما كانت أمي وجدتي وخالاتي وشقيقتي يحكين ذكرياتهن معك، كنت أشعر بأنني شخص غريب، دخيل عليهن، أترحم عليك طبعًا ولكن من باب الذوق ومراعاة مشاعرهن، فقط لا غير. كانت ذكراك توقظ في نفسي نوعًا من الشعور بالأسف على ذنب لم أقترفه، فدائمًا ترتبط ذكرى وفاتك بموعد ميلادي، وأشعر كأنني أنا السبب في وفاتك على نحو أو آخر. أنت رحلت وأنا جئت، ولم أستطِع أن أملأ فراغ غيابك. لكنني أحببت لمعة عين والدتي كلما تحدثت عنك وعن مواقفك معها، لمعة تتحوَّل غالبًا، في نهاية الجملة، إلى دمعة تؤلم

قلبي، وتجعلني أتمنى سرًّا لو لم أولد وبقيتَ أنتَ. لم أعرف عنك إلا حكاياتهن، وصورك التي حرصت تيتا على تخزينها والحفاظ عليها، ولكن حتى هذه الصور لم تنجح في تحريك مشاعري تجاهك.

تلقيتُ مكالمة منذ شهور من خالتي سناء، وأنا معتادة على مكالمات خالتي سناء، أو «سوسو» كما أناديها منذ كنت طفلة. طلبت مني سوسو المرور على بيتها «اليوم أو غدًا أو أي وقت هذا الأسبوع». سألتها عدة مرات إذا كانت بخير، ولم أتأكد من صحة إجابتها إلا عندما صاحت فيَّ بنبرة صوت مازحة أعرفها جيدًا، نبرة تطمئنني وتؤكد لي أنها بخير فعلًا، ولكنها تريد رؤيتي لتعطيني شيئًا قد يُسعدني ولو قليلًا. وهل يستطيع أحد منا التأخر عن موعد مع السعادة، التي نضيع عمرنا ونعتصر تفكيرنا على أمل ملاقاتها؟

ذهبت إلى سوسو في اليوم نفسه، تمنيت لنفسي كوبًا من الشوكولا الساخنة بالبندق التي تُعدها لي دائمًا، وعندما وصلت كانت، كعادتها، تنتظرني بالبسكويت والشوكولا الساخنة وكثير من الأسئلة للتأكد مما إذا كنت جائعة. المهم، بدأت سوسو حديثها عن مدى حبها لي، وعن علمها بمدى خذلان والدي لي على مدار سنوات عمري، ثم أخذت تقارن بين مواقف والدي معي ومواقفك معها ومع والدتي، وتقول كم كنتَ أبًا رائعًا، وإنه لمن المؤسف أنني لم ألتقِك. وصراحة كنت بدأت أمل من هذا الحديث المكرر.

قامت خالتي سوسو من مقعدها وطلبت مني الانتظار لثوانٍ، ودخلت إلى غرفتها. جلستُ أستمتع بالبسكويت والشوكولا الدافئة، ثم ما لبثَت أن خرجت سوسو مرة أخرى وهي تحمل كتابًا كبيرًا. جلسَت بجانبي واحتضنتني، وقالت لي إنها تعلم جيدًا كم كنتَ ستحبني لو كنا تقابلنا، وتعلم أنه على الرغم من كل الحكايات التي تُسرد أمامي عنك، فإنني لم أعرفك حق معرفة، وإنها تشعر الآن بأنه من واجبها مشاركة سر معي. وضعت الكتاب الكبير الذي كانت تحمله بين

يديَّ، وقالت لي إن هذه هي مذكراتك الشخصية التي كنتَ تحرص على كتابتها أولًا بأول، ولا أحد يعلم أنها عثرت عليها. كلما افتقدتك كانت تفتحها وتقرأها وتتحسس خطك، فتشعر ببعض الطمأنينة. سرت قشعريرة في جسمي لحظة وضعت يدي على هذه الأجندة. أكملت سوسو حديثها:

ـ يمكن ده يخليكِ تحسي إنك قابلتيه وكنتِ قريبة منه. يمكن ساعتها تعرفي سر دموعي ودموع أمك لما سيرته بتتجاب. المذكرات دي أنا متأكدة إنها هتحرك حاجة جواكي. لسبب أنا مش عارفاه إمبارح قبل ما انام كنت باقرا فيها وكنتِ إنتِ اللي جاية في بالي. حسيت يمكن دي إشارة من عنده إنه عايزني أديلك الأجندة دي.

انتهت مقابلتي مع سوسو بكثير من الدموع من جانبها، وكثير من الصمت من جانبي، كأنما تجمدت الأفكار في عقلي أو هربت إلى مكان ما. عدت إلى منزلي، وجلست على سريري، ونظرت إلى الأجندة لثوانٍ... أنا اعتقدت أنها ثوانٍ، ولكنني فوجئت، عندما ذهبت لإعداد كوب من القهوة، بأن أكثر من نصف ساعة قد مر. أشعلت سيجارة وفتحت مذكراتك.

تذكرتُ ما كانت تقوله لي والدتي في صغري عندما كنت أعاتبها على انشغالها في عملها: «لازم اتعب واشتغل عشان لما أموت أكون سايبالكم حاجة تتسندوا عليها». الحقيقة أن أفضل ما يمكن أن يستند إليه الأبناء أو الأحفاد هو بعض كلمات مثل كلماتك، وبعض حكايات مثل حكاياتك.

لم يحدثني أحد من قبل عن مدى تشابهنا يا جدو. كل ما سمعت أنني ورثته عنك هو أذناي الكبيرتان، اللتان كرهتهما دومًا. فتحت لي قراءة مذكراتك نوافذ كثيرة، كل واحدة تطل على جانب من شخصيتك عشقته مع القراءة عنه. كانت كل حكايات والدتي وخالاتي وجدتي وشقيقتي سطحية وساذجة جدًّا، مقارنةً بما عبَّرتَ عنه أنت في

كتاباتك عن شخصك، عن أغانيك المفضلة لوردة، التي دونت كلماتها، عن طريقة إعداد كوب القهوة وسر إضافة المستكة لنكهة مختلفة ومميزة...

كلما تحدثَت عائلتي عنك، تحدثن عن ألم الفراق، ولكنني أدركتُ، مع قراءة كلماتك، أن وفاتك قبل ميلادي رحمة من عند الله، فمع كل كلمة بخط يدك المنمق، كنت أدرك أنك، لو كنت هنا، لأصبحتَ أقرب الأشخاص إلى قلبي: لن يستوعب أحد غيرك حُبي للكتابة، ولن يفهم أحد عزوفي عنها سواك، ولن يشاركني أحد عشقي للقهوة والسيجارة المصاحبة لها إلا أنت. ربما كانت لله حكمة في عدم اللقاء، ربما عرف القدر كم كنت سأتعلق بك، وكم كان قلبي سيتفتت قطعًا صغيرة مع وفاتك.

فهمتُ من أين جئتُ بعصبيتي الزائدة، وحساسيتي المفرطة، وسخريتي الدائمة من كل مَن حولي. أدركتُ لغز تفهمي سرًّا لكل القرارات الخاطئة التي يرتكبها مَن حولي، حتى لو طالتني أنا شخصيًّا، مثلما سامحتَ أنت، في مذكراتك، كل من أساء إليك، حتى لو أظهرتَ عكس ذلك. فهمتُ تقلباتي المزاجية، وفهمتُ قدرتي على الحب على نحو مبالغ فيه، وإحساس الغيرة الذي يشعل النيران في قلبي. فهمتك يا جدو، **وفهمت نفسي**.

عرفتُ منك كثيرًا من الحكايات والخبايا عن كل مَن حولي: جدتي، ووالدتي، وخالاتي، ووالدي. أحببت حرصك على تدوين كل شيء، حتى مديونياتك وتسديدك لها وفرحتك لشراء الراديو الجديد. تخيلتُ جدالنا المطول حول مَن الأفضل، أم كلثوم أم وردة. كنتَ تعشق وردة وترى أن أم كلثوم مبالغ فيها، وكنتُ سأخالفك الرأي حتى تجبرني على سماع أغاني وردة المفضلة لديك، خاصة أغنية «بعمري كله حبيتك»، وتشرح معاني كلماتها الخفية وتَغيُّر نبرات صوتها من السعادة إلى الحزن في المقطع نفسه، وتحكي لي عن حبها غير المشروط لبليغ

حمدي، وتقول إنه بالحب غير المشروط وحده تخرج أحلى المشاعر والأحاسيس.

هجرتك يوم عمري، جرحتك يوم عمري

خدعتك يوم عمري

كدبت عليك، ضحكت عليك، حبيت عليك

عمري

ـ بس الحب غير المشروط ضعف يا جدو.

ـ حمولِكِ في كنكة يا بت!

ثم تتعالى ضحكاتنا، ويليها دور آخر من القهوة والسجائر، التي ستحذرني دائمًا من تدخينها وفي الوقت نفسه تشعل واحدة تلو الأخرى.

أصبحت دمعاتي تنزل مع كل حكاية مُعادة من حكايات والدتي عنك. لم تطالبني سوسو حتى الآن بإعادة مذكراتك، مع أنها تمتلك عادةً ذاكرةً حديدية. جعلتني أقسم ألا أضيعها، لكنها لا تعلم أنني أحتفظ بها داخل قلبي قبل درج غرفتي المجاور لسريري. شيء ما يطمئنني بوجود هذه الأجندة بجانبي. سوسو على حق. شعور ما تسلل إليَّ ليقول لي إنك هنا، وتحبني وتتمنى لو استطعتَ احتضاني. صوت ما همس لي بعد قراءة مذكراتك أن العالم ليس بهذه القسوة. نبرة ما في كلماتك أعادت إليَّ الإيمان بكل شيء وبكل شخص من حولي.

لاحظت أنك دائمًا تنهي كتاباتك بدعوة إلى الله، وتلقبه بـ«السميع المجيب»، من دون أسمائه الأخرى، وأنا هنا أنهي مكتوبي هذا إليك بأن أدعو السميع أن يسمع كلماتي إليك، وأن أشكر المجيب الذي أجاب، من خلال كتاباتك، عن كثير من تساؤلاتي عن شخصيتي وصِفاتي التي توقفت عندها كثيرًا.

أفتقدك كثيرًا يا جدو.

«الشاكرا» الثانية: «سفاديستانا» «شاكرا» الهوية

تقول الأسطورة الهندية إن «داكشا» لم يوافق قطُّ على زواج ابنته «ساتي» بـ«شيفا»، وكيدًا في ابنته وزوجها، أقام مهرجانًا كبيرًا ولم يدعهما إليه. شعرَت «ساتي» بالحزن الشديد من رفض والدها لهذا الزواج ومن تجاهله لها، وقررت أن تذهب إلى الاحتفال لتواجهه. فوجئ «داكشا» بابنته «ساتي» في الاحتفال، وسألها بخشونة عن سبب وجودها فيه، وإذا عادت إلى رشدها وتركت زوجها «الحيوان» كما لقَّبه. أحست «ساتي» بإهانة شديدة جدًّا، ما جعلها تنهي حياتها. اختلفت الأقاويل في الأساطير عن طريقة موت «ساتي»، ولكن المؤكد أنها ماتت حزنًا. عندما سمع «شيفا» بموت زوجته، غمره حزن لم يشعر به إنسان من قبل، ثم تحول هذا الحزن إلى غضب، غضب عارم ودفين، تحول بدوره إلى كائن لم يعرفه أحد من قبل، بمئات الأذرع وثلاث أعين، كائن أُطلق عليه اسم «فيرابادرا». أمره

«شيفا» بقتل كل من كان في الاحتفال، بمن فيهم «داكشا»، والد زوجته المتوفاة. وبعد أن أتم «فيرابادرا» هذه المهمة، رأى شيفا الكمّ الهائل من الدماء الذي تسبب فيه غضبه، وشعر بالندم.

«واهي جورو، واهي جورو، واهي جورو، واهي جيو»
حكمة الرب أعلى وأكبر من أن تُشرح
نعمة الرب في الروح أعلى وأكبر من أن تُشرح

* * *

تتردد أصداء أصواتنا ونحن ننشد «المانترا». لم يكن شرح «كيارا» لمعنى كل «مانترا» مهمًّا بالنسبة إليَّ، فقد أصبحت «المانترا» مع الوقت هي الأداة التي تساعدني على التركيز والدخول في كل رحلة من رحلات فك «الشاكرات». في الواقع، تذكرني نغمات ترديد «المانترا» بأصوات البحر والمطر، التي كانت تساعدني على الهدوء والدخول في النوم ليلًا. إن رددتُ، من الآن إلى يوم غد، رغبتي في النوم، لن أنام، لكن إن ترددت هذه الأصوات الخارجية، أنام عاجلًا أم آجلًا، كأننا دائمًا بحاجة إلى طرف ثالث، أو صوت خارجي، ليؤكد على ما نرغب فيه أو نريده. نريد دائمًا هذا الطرف الثالث، حتى لا نتحمل المسؤولية كاملة. فقط جزء منها يكفينا.

يدق جرس خفيف لتنبيه كل شخص في الغرفة إلى بداية شرح «كيارا» لما سنفعله اليوم وللسبب وراءه. تقول معلمة اليوجا:

ـ «الشاكرا» الثانية، أو «سفاديستانا»، التي نحن في طريقنا إلى علاجها، تقع فوق «شاكرا» الجذر، تكمن في نقطة وهمية عند

أعضائنا التناسلية. تمثل هذه «الشاكرا» الإبداع، ومعرفة حقيقة الهوية الجنسية. قد يختلف تأثير فك هذه «الشاكرا» من شخص إلى آخر، بناءً على السبب الحقيقي وراء عُقدتها.

يُرجى التركيز، لأن طاقة هذه «الشاكرا» تكمن في الشعور بالمضي قدمًا، الشعور بالتغيير الذي يحدث في الجسم، بشكليه الخارجي والداخلي، الشعور بالحميمية والتواصل، الشعور بالندبات التي جرحنا بها المجتمع نتيجة لعديد من التساؤلات عن جنسنا وعن ماهية إحساسنا تجاه أنفسنا، سواء كذكور أو إناث. واحتواء هذا الشعور أساسي أيضًا لطاقة هذه «الشاكرا». تنقسم المجتمعات إلى نوعين: إما مجتمعات تبالغ في الانفتاح الجنسي، وهو ما ينتج عنه نشاط زائد في «سفاديستانا»، أو مجتمعات تجبر الفرد على تجاهل النشاط الجنسي وتُخرس كل تساؤلاته، ما ينتج عنه خمول وتوهان في «الشاكرا» الثانية. ولهذا تختلف تجربة كل منا اليوم عن تجربة الآخر، بسبب اختلافات نشأتنا ومجتمعاتنا. كل ما هو مطلوب منكم هو الاسترخاء، والتركيز، وتذكر سبب وجودكم هنا معي. استرجاع بعض الذكريات المؤلمة يعيد النزيف إلى الندبات النفسية، ولكنها مرحلة مهمة لمواجهة هذه الندبات حتى نشفى منها تمامًا. الهروب ليس الحل. الهروب ضعف. المواجهة مؤلمة ومتعبة ومرهقة، ولكنها تُطلق سراح الماضي، وتلتئم بها الجروح.

تُرشدنا المعلمة إلى طريقة الوقوف الصحيحة للوضعية التي سننفذها:

ـ أولًا، قف بعمودك الفقري مستقيمًا، وقدماك بعضهما إلى جانب بعض، وكتفاك مرتخيتان. ثانيًا، أرجع قدمك اليمنى إلى الوراء، حتى تصبح ركبتك اليسرى مطوية كما لو كنتَ في بداية ماراثون للركض، مع الحفاظ على استقامة الجذع، والرجل اليمنى في الخلف. ثالثًا، افرد ذراعيك بهدوء إلى أعلى وانظر إلى السماء. رابعًا، لا تنسَ ترديد «المانترا». خامسًا، لا تنسَ تنظيم أنفاسك: شهيق، زفير، بهدوء وبطء.

أنحني لقوة الغضب الكامنة بداخلي

أنحني للطاقة المقدسة بداخلي

أهديها بكامل إرادتي وحُبي إلى الكون

أنا جزء من الكون وهو جزء مني، بداخلي

نخفض أذرعنا ونفردها بجانبنا مع النظر باتجاه الركبة المطوية أمامنا.

ـ أبقِ على قدمك اليمنى إلى الخلف، أغمض عينيك، ردد «المانترا»، واسترخِ!

حكمة الرب أعلى وأكبر من أن تُشرح

نعمة الرب في الروح أعلى وأكبر من أن تُشرح

* * *

غضب وقبح. لو وجب وضع عنوان لفترة المدرسة الثانوية، لن أجد عبارة أكثر عمقًا وتعبيرًا من هاتين الكلمتين.

أنظر إلى نفسي في المرآة، فلا أجد إلا أنفًا كبيرًا جدًّا، يكاد يبتلع كل وجهي، وعينين اختفتا وراء مربعين زجاجيين كريهين ـ ولكنني

أكره أكثر الرؤية من دونهما، وربما تكاد تكون منعدمة ـ وشعرًا ليس بمجعد وليس بمفرود، وابتسامة لا تظهر إلا نادرًا لأنها تزين فمًا واسعًا يتسبب لي في الإحراج، وجسمًا نحيلًا ليست به أي مظاهر أنثوية، أنوثته مختبئة تحت ملابس ذكورية أحاول بها الاختفاء وعدم لفت الأنظار إليَّ.

مثلت فترة المراهقة، بالنسبة إليَّ، خروجًا من حالة الطفولة الحالمة، وارتطامًا مؤلمًا بالواقع. لم تعد الصغير اللذيذ الذي يدلله كل من يجلس بجواره، وتبدأ قسوة عائلتك في الظهور شيئًا فشيئًا، في محاولاتهم لكي لا يفلت منهم زمام أمورك في هذه المرحلة العمرية الحرجة، ومع الوقت تدرك أن العالم لم يعد يدور حولك، وأن القمر لا يتبعك ليلًا للاطمئنان عليك وأنت تنظر إليه من السيارة، وأن النجوم لا تتشكل لك أنت وحدك بل لمليارات آخرين، وأن البثور لن تتوقف عن الظهور في وجهك مهما تمنيت اختفاءها.

كنت أحب نفسي في خيالي فقط، الذي يتوسع مع قراءة كل كتاب جديد، لهذا شكلت القراءة مهربي الوحيد من واقع لم أستسغه. كنت «الانطوائية»، التي تحمل كتابًا لتقرأه حتى في أكثر الأماكن صخبًا، مثل حفل المدارس الفرنسية السنوي، الذي اعتدت الذهاب إليه تحت ضغط الأهل أو زميلات الدراسة.

كان أكثر ما يوترني المكوث في مكان به الجنس الآخر. كنت أرى سخريتهم مني حتى لو لم يُظهروها. لماذا لم أرث شعر جدتي الناعم، كستنائي اللون؟ لماذا لم أرث عيني أمي العسليتين؟ كيف

تستطيع صديقتي «سوزان» الحفاظ على شعرها طويلًا، ناعمًا، متدليًا على ظهرها في خفة ودلال؟ لماذا لا تسمح لي والدتي بوضع مرطب الشفاه، مثلما تسمح والدة ميادة لابنتها؟ كثير من الأسئلة الاستنكارية الغاضبة تجاه الجينات، وتجاه الأخريات من حولي. كلما ازدادت هذه الأسئلة في عقلي، تضاءلتُ أمام نفسي وأمام الآخرين، وأغرقتُ نفسي أكثر وأكثر في الكتب، حيث لا توجد إلا بطلات جميلات يحبهن أبطال يتمتعون بالوسامة.

«لا أحد يحبني»، «لا أحد يفهمني». كانت هاتان الجملتان الشعار الذي طغى على صخب الأغاني والزحام من حولي، في مدرسة «سان مارك»، في احتفال سخيف ذهبت إليه رغمًا عني، حتى لا أسمع محاضرات طويلة من والدتي عن مدى تأثير انطوائيتي السلبي في حياتي، خاصة مع بلوغي المرحلة الثانوية.

أقف مع زميلاتي بالمدرسة، وقد تأنقن جميعهن على أمل الحصول على نظرات إعجاب أو تعارف من أحدهم، أما أنا فأقف كالبلهاء، بشعري القصير المتطاير في كل اتجاه، وملابسي الذكورية الفضفاضة، ممسكة بكتاب يساعدني احتضانه على التقليل من شعوري غير المبرر بالخوف.

أفقت من شرودي على صوت رنا وهي تقدم الزميلات إلى مجموعة من الشباب، رفاقها في تمارين السباحة التي تواظب عليها. تهللت أسارير كل فتاة مع وجود شاب قد يكون حبيبًا محتملًا. بدت لي هذه اللحظة مناسبة للانسحاب. خطوتان إلى الخلف، اتكأت على جذع الشجرة وبدأت في قراءة كتاب، الصديق الذي ينقذني

دائمًا من كل المواقف المربكة والمخيفة، وكان هذه المرة كتاب «هاملت» لـ«وليام شكسبير».

بدأ شبح الوالد في الظهور، وبدأت الأحداث تتفاقم، وإذا بصوت يقاطعني:

ـ «هاملت» مرة واحدة؟ كئيبة شوية؟

نظرتُ إلى مصدر الصوت، ووجدت شابًا لمحته قبل قليل مع المجموعة التي عرفتها رنا علينا.

أكره الحديث في المطلق، فما بالك بحديث مع شخص غريب؟ وما بالك بحديث مع شاب؟!

قلت متلعثمة:

ـ آه، عادي. لسه باقراها، باشوفها.

مجموعة من الكلمات العشوائية خرجت من فمي وسط ارتباك شامل وتوتر مضحك.

رد مبتسمًا:

ـ أنا أحمد. لقيتك ماسكة الكتاب ده ولفت نظري، فقلت آجي أغلس. مش واقفة معانا ليه؟

رددت باقتضاب:

ـ أهلًا. عادي.

لم يأبه أحمد بكلماتي الصغيرة، المتقطعة، التي تتعمد دفعه بعيدًا عني وتركي وحيدة في سلام مع كتابي، حتى تمر هذه الساعة وأعود أخيرًا إلى البيت. قال محافظًا على ابتسامته:

ـ أنا قريتها، وقريت كتب كتير قوي. باحب القراءة عمومًا، ممكن

أرشحلك كتب تانية تقريها وهتحبيهم، بس قوليلي إشمعنى «هاملت»؟

أراحني نوعًا ما أن أتحدث عن الكتب والقراءة، بدلًا من الحديث عن نفسي؛ أحب كل ما يخطف الاهتمام بعيدًا عني، وعن ملابسي، وعن أسناني، وفمي الواسع جدًّا.

كان أحمد ماهرًا في إذابة الجليد المحيط بي في هذا اليوم. لم يعلق على تلعثمي المفرط مثل الآخرين، لم يحدق في ملابسي، هو قارئ نهم للكتب، ما جعل حديثه معي مشوقًا وممتعًا، وهو ما لم أختبره منذ فترة طويلة. كنت أدرك جيدًا أنه لم يُعجب بي، ولن يفعل على أي حال: من الذي سيعجَب بفتاة أشبه بالذكور منها بالإناث؟

حان وقت الرحيل. ودعت الجميع، إلا أن أحمد استوقفني قبل أن أدير ظهري:

ـ لو كنت عايز أبعتلك أسماء كتب تانية تقريها، ممكن نمرتك؟

هرب الدم كله من جسمي فجأة، سرت برودة في كل خلية من خلاياه، وجمدته، خاصة أن أحمد نطق بجملته أمام الجميع. وجدت نظرات زميلاتي وأصدقائه كلها متجهة نحوي، وهذا أسوأ كوابيسي. أمي تنتظرني بالخارج، وأحمد يطلب رقمي، وأنا أريد دخول الحمَّام حالًا!

كسرَت رنا حاجز الصمت الموتَّر، وابتسمت لأحمد قائلة:

ـ معلش، هي مش بتحفظ نمرتها خالص. أنا هابقى أبعتهالك في رسالة.

لوح لي أحمد مودعًا، ولوحت للجميع، وانطلقت بسرعة إلى

البوابة الرئيسية وأنا أتمنى أن يبتلعني الزحام، وأفكر في عذر مناسب ومقنع لتعفيني والدتي من الذهاب إلى المدرسة في اليوم التالي حتى لا أقابل رنا أو غيرها. الجحيم ينتظرني غدًا إذا ذهبت. ستطاردني آلاف من أسئلتهن، آلاف من النظرات والغمزات والضحكات والهمسات. تبًّا لك يا أحمد على ما تسببت فيه!

طبعًا، لأن حياتي سلسلة من الأيام السوداء، لم توافق أمي على تغيبي عن المدرسة. كان الطريق ثقيلًا جدًّا، أجُر قدمًا وراء الأخرى في صعوبة، وتتسارع دقات قلبي. وجدت رنا وبقية الزميلات في انتظاري في ساحة المدرسة، نظرن إليَّ وأخذن يتهامسن وأنا أقترب.

كان يومًا غريبًا؛ الكل يريد الالتصاق بي والتحدث معي. طلبت مني ميادة أن أقترح بعض الكتب عليها كمبتدئة في القراءة. كان الوضع أصعب مما أستطيع احتماله: نفاق وتمثيل لمجرد أن شابًّا طلب رقمي، مهزلة لم تنجح إلا في زيادة انطوائيتي.

تلقيتُ رسالة من رقم غريب قبل النوم. نظرتُ إلى الهاتف في خوف، أنا أعلم أنه أحمد، وأمي ستقتلني بكل تأكيد إذا علمت أن هناك «أحمد» على هاتفي!

جربتِ تقري لـ«تولستوي»؟ لو ماعندكيش حاجة بكرة بعد المدرسة تعالي نروح المكتبة أوريكِ كتب باحبها!

كانت المكتبة المكانَ الوحيد الذي تسمح لي والدتي بالذهاب إليه في أيام المدرسة، أما النادي فهو فقط ليوم الخميس.

وافقتُ على لقاء أحمد، وتوالت اللقاءات. تحدثنا عن كل شيء. أخبرني عن كلية الهندسة، التي سيعاني من التأقلم فيها نظرًا إلى

صعوبتها التي حذره منها والده، المهندس العظيم، ولكنه يعلم جيدًا أنه لا مفر من هذه الكلية. قد نتخيل أن بعض الأشياء، في حياتنا، لنا فيه القرار، ولكننا نعلم في أعماق أنفسنا أن كل شيء قُرر عنا حتى قبل أن نولد، ولن يصيبنا الاعتراض إلا بمشكلات نحن في غنى عنها. الاستسلام للمُقرر مؤلم، ولكن يمكننا أن نوهم أنفسنا أننا نحن من اخترنا، وأن تغيير الأمور غدًا بأيدينا إذا أردنا. هذا يريح!

حكيت له عن عائلتي، وعن إحساسي الدائم بالخجل من كوني فتاة. ربما هذا يعود لتفضيل أبي الشديد للذكور على الإناث، ولتفرقته الدائمة بيني وبين أولاد أعمامي، حتى في أبسط الأشياء كاللعب في الطفولة. حكيت له عن شعوري الدائم بالعجز أمام حنان والدتي: كنت أريد أن أكون لها سندًا، بدلًا من فتاة أخرى تشعر بالخوف عليها من كل شيء ومن كل الناس. أخبرته عن ملابسي الذكورية التي تُشعرني بالأمان، وتمدني بإحساس وهمي بالقوة، والأهم أنها تجعلني أختفي وسط أنظار الجميع، والاختفاء شعور لطيف...

تبادلنا أغاني «الروك» المفضلة لدينا: «سكوربيونز» و«لينكين بارك» و«نيكلباك» و«ميتاليكا» و«جانز آند روزز» و«بينك فلويد»، وعرفني على عالم جديد اسمه «الميتال» الذي، على الرغم من صخبه، يمثل تمامًا الفوضى بداخلي، يمثل كل الصراخ المكتوم الذي يأبى الخروج.

عرفني بالقهوة، هذا الحل السحري الذي جعلني أكتشف قدرة الخلايا المتيقظة في ذهني، وطاقة من نوع خاص تسري في جسمي مع آخر رشفة من الفنجان.

لم تفهم زميلاتي أن ما بيني وبين أحمد ليس حبًّا أو علاقة عاطفية، بل إن شيئًا أقوى يجمعنا، هو الصداقة. كان هذا هراءً طبعًا، أو مجرد ما كنت أحاول إقناع نفسي به. كنت غارقة في حب أحمد حتى النخاع، وكان الكل يعلم ذلك، على الرغم من إنكاري، إلا هو.

كان همس رنا والزميلات يعلو كل يوم أكثر وأكثر، وكان غضبي وغضب أحمد تجاه العالم يتعاظم كل يوم، على أنغام الموسيقى ورائحة القهوة وملمس الكتب.

لكن مع كل هذا الغضب الذي حمله أحمد بداخله، استطاع، بسحره الخاص، أن يجعلني أحب نفسي شيئًا فشيئًا. نجحت في ذلك، ولكني فشلت في كل محاولة لاستجماع شجاعتي والاعتراف بحبي له.

أتذكر اليوم الذي التقطنا فيه صورة معًا ولاحظ أنني أبتسم من دون إظهار أسناني، وأضحك وأنا أغطي فمي بيدي. قلت له:

ـ فمي واسع جدًّا، إلى حد لن تصدقه. لو ابتسمتُ سيبتلعك.

التفت وقال لي إنه كلما كبر حجم الفم، اتسعت الابتسامة، وإن الحياة تشرق بالابتسامات والضحكات.

كان دائمًا يحدثني عن مدى سحر الفتاة القوية، وكيف أن «الشباب يقعون في حب الفتاة الجميلة، لكن الرجال يعشقون الفتاة الذكية، المختلفة، الحرة بأفكارها وآرائها وعقلها، فتخيَّلي مزيج الجمال والقوة في فتاة واحدة!».

كان هو من حجز لي موعدًا عند طبيب العيون لأتخلص من نظاراتي الطبية وأستعمل العدسات اللاصقة بدلًا منها. يومها قال

لي إن الأعين هي سر كل شيء: من العين يمكنك أن تعرف إذا كان من أمامك ضعيفًا يتظاهر بالقوة، أو خائفًا يتظاهر بالشجاعة، أو ذكيًّا يتعمد الغباء.

كان أول من أقنعني بأن ألوان الملابس يمكن أن تكون مختلفة عن الأسود والرمادي، وأن الألوان الزاهية تجعلني أجمل.

أنا جميلة؟ كانت هذه الفكرة غريبة للغاية على مسمعي، ولكنني صدقتها، وآمنت بها، فقط لأنها صدرت عن أحمد، الذي لا يعجَب إلا بالقليل جدًّا.

كان يُعرفني إلى الجميع بأنني شقيقته الصغيرة، ومع أن الكلمة تدمر أي أمل في مبادلته لي الحب يومًا ما، كان يكفيني وجوده بجانبي، تحت أي مسمى. للمرة الأولى، لم أعد أشعر بالخوف من العالم أو من نظرات الناس، لأنني أعلم أن أحمد سيكون هنا لينقذني إذا تلعثمت أو توترت أو ارتبكت.

فجأة اختفى أحمد تمامًا. لا أعلم كيف أو لماذا، لكنه فجأة لم يعد موجودًا. كان من المفترض أن نتقابل في مقهى قريب من جامعتي، ولكنه لم يأتِ. انتظرته طويلًا، وهاتفته كثيرًا، ولكنه لم يأتِ، ولم يرد.

لم أقلق. ربما تشاجر مع والده كالعادة، أو لا قدر الله يمر فرد من عائلته بوعكة صحية. سأهاتفه غدًا.

اتصال، وثانٍ، وثالث. لا يرد.

هل مات أحمد مثلًا؟

هاتفت أحد أصدقائه المقربين، وأكد لي أنه يبحث عنه، مثلي

تمامًا، منذ اليوم السابق، وإذا لم يظهر خلال ساعتين أو أكثر سيعرج على منزله للاطمئنان. طلبت منه الاتصال بي إذا علم بأي جديد.

لم أتلقَّ أي مكالمة، سواء من أحمد أو صديقه، الذي قرر هو الآخر عدم الرد على مكالماتي.

على مدار ما يقرب من ثلاث سنوات، كان معي كل يوم وفي كل مكان، ثم اختفى، كأنه كان شبحًا أو هلاوس من خيالي. كان هو من أوصلني إلى الجامعة في أول يوم لي فيها. أكد لي أن أحدًا في الداخل لا يهتم بي أو بما أفعله أو أرتديه، كي يطمئنني ويخفف من وطأة توتري أمام كل ما هو جديد.

كنت أول من اصطحبه في نزهة بسيارته الجديدة، وشهدت هذه السيارة أولى محاولاتي لتعلم القيادة، التي باءت بالفشل. اختفى.

حاولت الاتصال برقمه كثيرًا، فلم يرد، ثم تحول عدم الرد، بعد أسبوع آخر، إلى رقم غير متاح.

كدت أجن، حتى إنني سألت رنا بجدية عما إذا كان أحمد موجودًا يومًا في الحقيقة، وضحكت ضحكة عالية تستهزئ بجنوني، ضحكة عالية تردد صداها بداخلي، ولم يفلح هذا الصدى في إسكات خوفي وقلقي وغضبي تجاه أحمد.

لم يظهر أحمد قَطُّ. سنة مرت، ثم خمس، ثم تسع، ولم يظهر. اختفى. ترك خلفه أغنية «إن ذي إند»، التي كان يحبها ويسمعها مرارًا وتكرارًا، وأتذكر، في كل مرة أسمعها، المرة الأولى التي شاركته سماعها. ترك لي أيضًا «ليو تولستوي»، الذي عرفني إلى أعماله

وكُتبه، ودرج ملابسي، الذي أصبح ينطق بالألوان الصاخبة، وثقتي بنفسي وبجنسي، وبقوتي وبأحلامي وبالآخرين.

كنت أتذكره كل مرة أخلع فيها عدساتي اللاصقة وأضعها في حافظتها، واغرورقت عيناي بالدموع عندما دخلت سيارتي الجديدة للمرة الأولى، وتمنيت وجوده معي لكي أبهره بمهاراتي في القيادة. لم تعد يداي ترتعشان يا أحمد على مقبض القيادة، ولم أعد أضغط الفرامل فجأة وبقوة.

استغربت والدتي كثيرًا من عدم رغبتي في إجراء عملية تصحيح البصر بالليزر. أردت التمسك بآخر ما يربط وجوده الملموس إلى حياتي، ولكنني وافقت في النهاية، عندما لم أعد أستطيع تذكر ملامح وجهه. كل ما أذكره أن ملامحه كانت حادة، وقلبه كان يسع العالم كله، على الرغم من غضبه.

الرسالة الثانية

عزيزي أحمد،

ما زال العالم مكانًا قاسيًا، وما زال قلبي ينضح غضبًا تجاهه، ولكنني تعلمت، مع مرور الوقت، احتواء هذا السخط. فجأة أصبحت أتألم ولا أشتكي، بل غلبت على الحاجة إلى الشكوى قناعة أخرى تقلل الألم بإخباري أنني أستحقه، وأن هذا الألم ما هو إلا نتيجة طبيعية لأفعالي وقراراتي. أهذا هو النضج؟

ربما.

ما زال جزء مني حزينًا على فراقك ـ ويا ليته فراق ـ بالأحرى اختفائك من دون سلام أو كلام. ولكن، بعد مرور سنوات طويلة، علمت بما حدث لك. علمت بمعاناتك مع الإدمان، التي لم أكن أعرف عنها شيئًا.

٦٨

استطعتَ، بدهاء كاذب وماهر، أن تُخفي عني هذا الجزء من حياتك، ولم أكن أنا على علم بهذا الجانب المظلم من العالم بعد. ربما أخفيتَه عني حتى لا تُلوث سذاجتي وطيبتي الوردية. علمت بالأمر بمحض الصدفة عن طريق صديق مشترك، لا شيء يمكن إخفاؤه إلى الأبد. علمت أيضًا أن والدك قرر إرسالك إلى السعودية عند علمه بما أنت فيه، كي تبدأ حياة جديدة بعيدًا عن كل ما يمكن أن يكون متعلقًا بمسألة الإدمان. لا تقلق، لا أُطلق أحكامًا عليك، ولم تهتز مكانتك عندي قَطُّ، بالعكس، أنا احترمت عدم إدراجك لي في هذه المأساة.

يوم السبت الموافق ٥ يناير ٢٠١٣، يوم عادي بل يكاد يكون أقل من العادي، كنت أتصفح حسابي على فيسبوك، وجدت منشورًا سياسيًّا من أحد الأصدقاء يهاجم فيه جماعة الإخوان المسلمين. كما تعلم، كان الوضع السياسي في مصر مشتعلًا جدًّا، محمد مرسي تولى الرئاسة، والكل يفترسه الغيظ، أولهم مَن انتخبوه، فقد وقعوا في دوامة خيارين، إما عصر الليمون أو أحمد شفيق. المهم، فتحت تعليقات المنشور وقرأت المناقشات المحتدمة، ومعظمها كان معارضًا للإخوان، ما عدا تعليقًا واحدًا ساخرًا، كان منك!

نعم أنت!

تسارعت دقات قلبي، حتى اضطررت إلى النظر إلى والدتي الجالسة بجانبي، لأتأكد من أنها لا تسمعها. فتحت حسابك ووجدتك فعلًا! أحمد!

لم يتغير شكلك كثيرًا، فقط أثرت فيه عوامل الزمن التي يمر بها الجميع. صور لك كثيرة، في دولة أوروبية، ألمانيا... تركت السعودية إذن! هنيئًا لك! لم يكن هذا البلد يشبهك بأي شكل من الأشكال.

لم أتردد لحظة. أرسلت لك طلب صداقة، ووجدتك قبلته على الفور. تراسلنا بالسلامات والمجاملات، كنت أشعر ببعض البرودة في الحديث من طرفك، ولكنني أتفهم، تسع سنوات من القطيعة ليست بالأمر الهين.

الكل يشرح لسعة ألم النضج على أفعال معينة كنا نستمتع بها صغارًا ثم فقدت بريقها مع الوقت، لكن ما يؤلم فعلًا هو شعور النضج على الأشخاص، أن ترى شخصًا ما كبيرًا قدرًا ومقامًا، ثم تلاحظ هذه الهالة تتضاءل تدريجيًّا، أو شخصًا آخر كنت تستمتع بصحبته والآن لا تدري كيف كنت تطيق مجاورته لدقائق وتصبر على أحاديثه التي تراها صغيرة جدًّا حاليًا.

أحيانًا نرتكب الخطأ الأكبر في محاولة الاستمرار في التشبث بهذا الشخص، على أمل أن تعود هذه الهالة الحالمة الممتعة تجاهه، فنجد أنه كلما تشبثنا ازدادت سرعة هذه الهالة في الاختفاء، يتحول ما بينكما إلى شيء سطحي وبارد ثم لا شيء على الإطلاق!

ولكنني ممتنة لكل من فقدت عيناي بريقهما تجاههم، ممتنة لتلك الهالات التي صنعتها حولهم يومًا ما، وأبتسم كلما رأيت شخصًا آخر يصنع لهم هالة جديدة.

أخذت أتصفح صورك ومنشوراتك، ووجدتها كلها مؤيدة لتولي جماعة الإخوان المسلمين الحكم، منشورات دينية تقع على هامش رفيع بين التشدد والمعقول. ربما كان للسعودية تأثير فيك أكثر مما ينبغي، أو ربما شعرتَ بأن التدين والخوف من عقاب الآخرة هو طريقك للإقلاع عن الإدمان. لا بأس، كلنا نتغيَّر. أنا شخصيًّا تغيَّرت كثيرًا منذ مقابلتنا الأخيرة.

لم تتكرر محادثاتنا كثيرًا، فقط إعجاب بمنشورات هنا وهناك، وبالصور التي نشاركها.

في أغسطس، ومع تدهور الأوضاع السياسية في مصر، وجدتك قد تحولتَ إلى شخص عنيف في منشوراتك ومناقشاتك وتعليقاتك، ما جعلنا نتبادل، أنا وأنت، الاتهامات الساذجة تجاه نيات كل طرف منا ورأيه في ما يحدث. أصررت على أن تجادلني على كل منشور لي معارض لأفكارك، على نحو ملح وغير مبرر على الإطلاق. كان من

الممكن أن تتجاهلني بمنتهى البساطة! تطورت إحدى المناقشات إلى حد أنك ألغيتني من حسابك. ما هذه الطفولية؟ وهل كان لديك دائمًا الأسلوب نفسه وأنا لم ألحظه؟

أصابني شعور بخيبة الأمل. هو شعور اعتدته مؤخرًا، ويمكنني أن أغزل ثوبًا كاملًا فقط من خيبات أملي متعددة الألوان.

وقتها أدركت أنه لا فائدة من عودتك إلى حياتي أبدًا. لم تعد أنت، ولم أعد أنا، ولم يعد ما كان بيننا كما هو، ولن يعود. ربما كان من الأفضل أن تظل آخر ذكرى لي عنك هي مقابلتنا الأخيرة، كما عهدتك دائمًا.

لن أكذب عليك، فقد أشعل قرارك بإلغائي نارًا من الغيظ بداخلي، على الرغم من تفاهة الأمر، وتفاهة كل شيء عندما أنظر إلى الموضوع كاملًا وبنظرة أكثر نضجًا الآن.

ولن أكذب عليك أيضًا، فقد كنت أتفحص حسابك كل يوم، لأرى منشوراتك الجديدة التي تثير أعصابي. كل يوم أعاهد نفسي ألا أقع في فخ التشبث بالهراء، وها أنا أسحب نفسي لمهاترات مراهقة ساذجة وحنين إليها.

الأحد ٢٠ يوليو ٢٠١٤، كما جرت العادة في الشهور الأخيرة، ضغطتُ على زر البحث على فيسبوك لأفتح حسابك. كتبت اسمك ولم يظهر شيء! اعتدلت في مجلسي وقلت لنفسي ربما أخطأت في الاسم، ولكن كيف؟ أنا أبحث عن حسابك كل يومين تقريبًا! لم أخطئ في الاسم بالتأكيد. كدتُ أجن! على الرغم من انقطاع علاقتنا، فإن اختفاءك للمرة الثانية أعاد لي الشعور نفسه والإحساس بالتوتر نفسه كما في المرة الأولى. هل أنت بخير؟ هل عدت إلى الإدمان؟ ماذا حدث وأين أنت؟

خطرت في عقلي فكرة: سأبحث بالكلمات المساعدة عن المنشور الفاصل في علاقتنا الإلكترونية، المنشور الذي تسبب في أن تلغيني من حسابك، وحتمًا سأجدك في التعليقات.

وجدت المنشور أخيرًا بعد ساعة تقريبًا من البحث، وفتحت التعليقات. لم أجد اسمك!

غصة القلب...

كادت عصرة قلبي تجعل آهة خفيفة تصدر من فمي عندما وجدتك، وقد غيرتَ اسمك إلى اسم مختلف باللغة العربية، اسم غريب مكون من «أبو كذا كذا»، وعندما نقرت على حسابك، وجدت صورتك، وقد تلفحتَ بالأسود، تمتطي جوادًا، وتمسك بعلم أسود مميز جدًّا، علم تنظيم الدولة الإسلامية، علم داعش!

ظللت محدقة في صورتك، وشكلك الجديد، وأنا مذهولة. ما هذا يا أحمد؟ ما هذا الهراء؟ من أنت؟ انزل من على هذا الجواد حالًا! هل تذكر حديثك عن الألوان الزاهية، وكيف تنير الوجه والشخص، وتأثيرها الإيجابي في النفسية؟ ألا تتذكر هذه الكلمات؟

أحمد! انزل من على هذا الجواد ودعنا نذهب إلى المكتبة ونرتشف القهوة على مهل، ونستهزئ بكل من يمر بجانبنا، دعني أحدثك عن عشقي لفرقة «كولدبلاي»، اترك هذا الجواد ولنتبادل الكتب!

حنق وغضب وتعاطف، ورغبة في البكاء. ظللت محدقة في الصورة، وكل ما يدور في عقلي هو هذه الكلمات من أغنيتك المفضلة، التي ظلت تتردد بداخلي طوال الليل:

I tried so hard

And got so far

But in the end

It doesn't even matter

I had to fall

To lose it all

But in the end

It doesn't even matter

في ذلك اليوم، ألقيت نظرة أخيرة على حسابك الجديد وصورتك، وأدركت أنني لا بد أن أفلتك. أدركت أنك لم تُشفَ يومًا من الإدمان، ربما استبدلت المخدر، ولكن من المؤكد أن هذا النوع سيقتل روحك حتى لو بقي جسدك.

يمكننا أن نشعر بالغضب، فهذا مفهوم ومقبول ويمكن استيعابه. لكن أن نقع في حب الغضب؟ أن نعشق الغضب بجميع أنواعه؟ أن نشعر به يستحوذ علينا ونستلذ بفرضه السيطرة علينا؟

أدركت في ذلك اليوم أن أحمد لم يعد هنا. لا وجود لأحمد في حياتي أو على سطح هذا الكوكب. أدركت أن عليَّ إفلاتك. لا أستطيع الاستمرار في التشبث بسراب.

لا أعلم إن كنت ما زلت على قيد الحياة، ولكن على أي حال فإنني أقرأ لك الفاتحة كلما تذكرتك، وهو ما يحدث نادرًا.

آه، على فكرة، هجرت «الروك» وأصبحت أستمع إلى «الجاز». ذلك أفضل وأهدأ كثيرًا!

مع خالص ذكرياتي.

«الشاكرا» الثالثة: «مانيبورا»
«شاكرا» القوة

كان «أجني» إلهًا له طبيعته الخاصة. عينته الآلهة في السماء لكي يهتم بالرعايا على الأرض، ويحضر احتفالاتهم المهمة، ويوصل الرسائل والعطايا بين الآلهة والمؤمنين. مثل «أجني» الشمس في السماء، والرعد في الجو، والنار في الأرض. كان طيبًا خلوقًا، يحب الجميع على حد سواء. يُحكى عن حكيم متدين مقرب من الآلهة، أنه كان متزوجًا بفتاة رائعة الجمال، وكان الحب يملأ بيتهما، ونبضات جنينهما تملأ بطنها. ذهب الحكيم في إحدى المرات ليتعبد كعادته بالقرب من النهر، وإذا بزوجته تفاجأ بطرق على باب المنزل، لتجد أمامه عفريتًا تعرفه جيدًا. كان هذا العفريت قد وقع في غرامها منذ صغرها، وخطبها من والدها الشرير، ولكنها استطاعت أن تهرب مع الحكيم الذي أحبته، وبدآ حياتهما الزوجية معًا. جاء العفريت ليستعيد حب حياته. وفي هذه الأثناء،

مر «أجني»، فناداه العفريت، وطلب منه أن يقول الحقيقة وفقط الحقيقة، وحكى له الموقف، وأنه أحق بالفتاة من الحكيم الذي خطفها منه. كان «أجني» يرتعش، وهو يدرك جيدًا حساسية الموقف بسبب قرب الحكيم من الآلهة، فقال بصوت خفيض إن العفريت وقع بالفعل في غرام الفتاة أولًا، ولكن الحكيم استطاع أن يؤسس معها حياة كاملة بطريقة شرعية وبمباركة الآلهة. ما إن سمع العفريت الجزء الأول من الجملة حتى حمل الفتاة وهرب بها. لم تتوقف الفتاة عن البكاء حتى أجهض الجنين من بطنها. حين رأى العفريت الجنين غير المكتمل أرضًا، فزع وترك الفتاة وتحول إلى تراب. سمع الحكيم نحيب زوجته، وحكت له كل شيء، بما في ذلك كيف كانت شهادة «أجني» السبب في هذه المأساة. جن الحكيم وقرر أن يلعن «أجني»، وكانت اللعنة ثقيلة جدًا، تتمثل في أن يحرق «أجني» كل من يراه أو يلمسه. خاف «أجني» من قوته الجديدة التي لا يستطيع السيطرة عليها، وهرب من العوالم الثلاثة ـ عالم الجن، وعالم الإنس، وعالم الآلهة. تحولت الحياة من دون «أجني» إلى أرض مظلمة باردة، لا شمس فيها ولا دفء، وأصبحت آلهة السماء غير قادرة على التواصل مع رعاياها. توسط كبير الآلهة بين الحكيم و«أجني» ونجح في تخفيف اللعنة، بأن تكون في يد «أجني» القدرة على السيطرة على النار التي يطلقها، وأن يستطيع أن يُفرق في استخدامها بين الدفء

والحرق. في الرسومات القديمة، يمثل «أجني» رجل لديه رأسان وسبعة ألسنة.

* * *

جلسة اليوم مختلفة. اصطحبتنا «كيارا» إلى الشاطئ ليلًا. كنت متحمسة لتغيير مكان الجلسة. لم أكن متحفظة وعاقدة حاجبيَّ، على غير العادة. منذ صغري، لديَّ خوف كبير من الذهاب إلى البحر في الليل؛ لا أحبذ فكرة السواد العظيم أمامي، الذي قد يبتلعني في أي وقت، وعلى العكس، أعشق الجلوس أمام البحر صباحًا. غريب جدًّا أمر تبدُّل مشاعرنا تجاه الشيء نفسه خلال ساعات قليلة. لكن يوجا على الشاطئ، والجو لطيف وغير بارد، بدت فكرة لطيفة جدًّا.

عند وصولنا، وجدنا في انتظارنا نارًا موقدة بالأخشاب الثقيلة على الرمال. جلسنا في حلقة كبيرة حول النار. هواء البحر ورذاذه، مع الهبوب الدافئ من النيران المشتعلة أمامي، جعلت رجفة عذبة هادئة تسري في جسمي.

أخذت «كيارا» تتمشى حولنا في بطء، وتربت على أكتافنا، لتثني على أننا ما زلنا هنا، معها، نكتشف ذواتنا بها. قالت:

ـ جلستنا اليوم مختلفة بعض الشيء. «الشاكرا» الثالثة التي نحن بصدد العمل عليها، يُطلق عليها اسم «مانيبورا»، وهي موجودة في فم المعدة، فم المعدة الذي تشعر بالفراشات تتراقص بداخله كلما رأيت حبيبك، فتؤكد لك أنه هو الشخص المنشود الذي بحثت عنه طوال حياتك، فم المعدة الذي

٧٧

يصاب بالتقلصات في أثناء شعورك بالخوف أو وجودك في موقف يصيبك بالتوتر. هذه «الشاكرا» بالذات تمثل القوة: قوة الإرادة، قوة التصرف، قوة القرار. كما حدثتكم سابقًا، تصيبنا العلل عندما تكون إحدى «الشاكرات» مفرطة النشاط أو خاملة ومسدودة، فتتحول دون مرور المشاعر المتنقلة من «شاكرا» إلى أخرى. «شاكرا المانيبورا» خطيرة جدًّا، لأن سواء فرط نشاطها أو خمولها مؤذيان جدًّا للإنسان على الصعيدين النفسي والجسدي. ولهذا، عنصر الطبيعة المرتبط بها هو النار. النار سلاح ذو حدين؛ إما تُشعرك بالدفء والحرارة المحتملة، أو تحرقك!

القوة تكمن في قدرتك على التحكم فيها، أن تعرف المقدار المناسب من الأخشاب الذي يجب حرقه، ولا تترك النيران تكبر وتندلع أمامك وتصبح أكبر من قدرتك على إطفائها.

تمثل هذه «الشاكرا» قدرتك على التحكم في حياتك وقراراتها، وأيضًا قدرتك على التحكم في علاقاتك مع الآخرين وعلاقات الآخرين بك. هي تمثل ثقتك بنفسك، ومدى احترام الآخرين لك. معظم من أقابلهم في جلساتي العلاجية مصاب بخمول في هذه «الشاكرا»، ما يؤدي إلى تفاقم شعور «الضحية» داخلهم. يصيرون مع الوقت ضعافًا وهشين، فيمكن لأي شخص يمر بحياتهم أن يكسرهم. هم لا يملكون قرارهم. من جهة أخرى، قليلون جدًّا من المصابين بفرط النشاط في هذه «الشاكرا» يقررون أنهم بحاجة إلى إعادة تأهيلها. فرط النشاط فيها يجعل

الشخص مؤذيًا وجارحًا، يتلاعب بمن حوله، يكسر قلوبهم، يفتك بأحاسيسهم ويستمتع بآلامهم.

هدفنا من العمل على هذه «الشاكرا» في جلسة اليوم هو الوصول إلى التوازن المطلوب للتحكم في إرادتك الشخصية وقوتك النفسية، أن تعرف كيفية التحكم في النار بداخلك، أن تشعلها بغرض الدفء لا بغرض الحرق، ألا تدع أحدًا يكسرك، وألا تكون بالقوة التي تجعلك تكسر أحدًا. فلنبدأ معًا رحلة أخرى.

جلست «كيارا» في مكانها الخالي في حلقتنا حول النار، في هدوء بالغ من جانبنا، لا يكسره إلا صوت الأمواج الخفيض. بدأت في تأدية وضعية اليوم، وبدأنا نحن في تقليدها.

استلقيت على بطني. ثنيت ساقيَّ إلى أعلى، باتجاه رأسي، وعدت بذراعيَّ إلى الخلف لكي ألتقط قدميَّ بيديَّ. أمسك بهما بصعوبة، ولكنني أنجح. أنظر إلى «كيارا»، فأجدها وقد ارتفعت بجذعها قليلًا مع المحافظة على يديها الممسكتين بقدميها خلفها. ترفع وجهها، فأرفعه أنا أيضًا، وأغمض عينيَّ مصغية إلى صوت الأمواج المتلاطمة بخفة، وصوت النيران المشتعلة، وصوت معلمة اليوجا الذي يأخذني بعيدًا جدًّا:

يا خالق النار

بيدك السلام وبيدك الدمار

أشكر الرب على القوة بداخلي

أشكر الرب على الضعف بداخلي

أطلب من الرب جمعهما معًا
بلا ندم أو حزن أو ألم
أطلب من الرب حمايتي من شرور يدي
أطلب من الرب حمايتي من شرور غيري

* * *

أحب القطار جدًّا. في الواقع، أنا أحب أي شيء متحرك ما دمت أنا لا أقوده. أومن جدًّا بالعلامات، خاصة التافهة، غير المنطقية منها، أحجز تذكرة الذهاب إلى القاهرة وأقف متشوقة على رصيف المحطة في انتظار معرفة أي كرسي سيكون من نصيبي. الكرسي بجانب النافذة يعني حظًّا جيدًا، الكرسي بجانب الممر يعني حظًّا متعثرًا، وتختلف جودة الحظ باختلاف المواقف أيضًا. إذا كان من نصيبي الكرسي بجانب النافذة، مع كرسي خالٍ بجانبي، فهذا هو الحظ المطلق، يوم عظيم بلا شك!

ووددت أن أصفق عاليًا عندما رأيت رقم الكرسي، المجاور للنافذة كما أحب. جلست وبدأت أتلو الصلوات كي لا يقتسم أحدهم جزءًا من الفرحة بجلوسه بجانبي. أخذ القطار يتحرك ببطء، وتراقصت أنا داخليًا في سعادة، على الرغم من ملامح وجهي الجادة.

أحب أيضًا حركة القطار الروتينية، التي تتيح المجال لأفكاري في التشعب. أنظر هنا وهناك إلى البيوت الإسمنتية التي شوهت منظر الخضرة، وأنظر إلى الشجر الذي تتشابك فروعه مثل مشاعري. أراه من شباك القطار الآن، الذي يمر سريعًا بجانبه غير آبه به، تمامًا كما قررت تجاهل الحديث عما بداخلي.

بداخلي كثير من السخط تجاه كل من كان من المفترض أن يكون له دور في حياتي، ولكنه تخلى عنه ببساطة. أتعجب من البساطة في الترك والمغادرة والتخلي، كأن شيئًا لم يكن. وراء هذا الوجه الهادئ وتعابيره الصامتة كثير من الحنق، وشرارة قد تتحول إلى نيران لتحرق كل شيء. ربما خرجت من بعض المعارك حية، ولكنني كلما تذكرتها أموت ألف مرة.

دعنا من التفكير في الأحزان، ولننتبه إلى هذا الشاب الذي قرر تجاهل كل المقاعد الخالية في القطار وجلس بجانبي. أهلًا! أصبحتُ خبيرة إلى حد كبير في قراءة الأشخاص. يضجرني كثير منهم، لأنهم يفعلون تمامًا ما أتوقعه، ويستكملون جملهم تمامًا كما أتنبأ بنهايتها. والآن سننتظر هذا الشاب ليتحدث في خلال ٣... ٢... ١!

قال الشاب:

ـ «دكتور جيكل ومستر هايد»! كتاب مثير لكنه قديم!

من الواضح أنه كان يحدق بي ويتفحص متعلقاتي لفترة لا بأس بها، لأن الكتاب بداخل شنطة يدي ولا يظهر منه إلا جزء صغير.

أجيب باقتضاب:

ـ نعم. قرأته وأنا في سن صغيرة، ولكني أعيد قراءته الآن.

رد الشاب:

ـ لماذا تعيدين قراءته؟ أليس من الأمتع قراءة كتاب جديد؟

ثم مد يده للمصافحة:

ـ اسمي محمود.

صافحته مع نصف ابتسامة. لم أستطِع الكف عن النظر إلى أنفه المدبب بشكل فني، كأنه قطعة من المنحوتات الرومانية القديمة، وأضافت تجعيدات شعره غير المتناسقة بعدًا جميلًا إلى هذا الأنف. أما عيناه... فيمكنك أن تعرف ما إذا كان شخص يسمعك حقًا أم يتصنع الإصغاء من خلال عينيه. إذا لم يكن الشخص أمامك منتبهًا إليك، فهذا سيظهر في الخواء الكامن في عينيه، وبالعكس يتراقص لمعان الأعين عند الحديث عن شيء مشوق ومحمس. كانت عيناه واسعتين جدًّا، تجعلانك تجزم بأنهما تتسعان للدنيا كلها.

أجبت وأنا أنظر مجددًا إلى نافذة القطار:

ـ نعتبر كل ما اختبرناه قديمًا من المسلمات. اكتشفت أن هذا خطأ كبير. هذا الكتاب مثلًا، نظرتي له في سن صغيرة مختلفة تمامًا عن نظرتي له الآن. الكتاب نفسه، والكلمات والأحداث نفسها، لكن الإحساس متباين على نحو مثير للاهتمام.

سألني محمود:

ـ لن أزعجك مرة أخرى، ولكن كيف اختلفت نظرتك لهذا الكتاب؟

ـ في صغري، كنت متعاطفة مع «دكتور جيكل» في محاولات سيطرة «مستر هايد» عليه، كنت متعاطفة مع معاناته في محاربة جانبه السيئ، وأحزنني اضطراره إلى قتل نفسه كحل أخير للتخلص من «مستر هايد». لكني الآن أفكر في خطأ «دكتور جيكل» في إخفاء «مستر هايد». كلما فشلتَ في محاولات احتواء جزء منك، سينفجر في وجهك عاجلًا أم آجلًا. كان

يجب على «دكتور جيكل» تقبُّل وجود «مستر هايد» كجزء منه. نحن لسنا ملائكة، كل منا لديه «مستر هايد» دفين بداخله، حتى لو تصنع عدم وجوده. أنا الآن متعاطفة مع «مستر هايد» الذي لم يجد من يتقبله!

هكذا أجبت وأنا أنظر إلى محمود، الذي ضاقت عيناه مع كلماتي. لم تتوقف المحادثة بيننا عند هذا الرد، بل اتسعت لتشمل أشياء كثيرة، الكتب والأفلام، والحب. بدا محمود طيبًا جدًّا، ولطيفًا جدًّا، ورقيقًا جدًّا، إلى حد الضيق.

توالت اللقاءات والمناقشات والاهتمامات. حاول محمود، بكل ما أوتي من قوة، أن يخفف عني أحزاني، ولكن كلما حاولَ، تثاقلت أحزاني أكثر. كان هو كل ما أريده، ولكن كل ما لا أريده أيضًا، في الوقت نفسه.

الحياة مراحل: البداية، ثم الازدهار، ثم الاضمحلال، ثم الترميم، لنفتح طريقًا للازدهار مرة أخرى. هل يمكن أن نتجاوز مرحلة الاضمحلال وندخل في الترميم فجأة؟ هذه الطريقة بالذات هي التي تُنتج المسوخ: تجاهل السيئ لا يخفيه، بل يوضحه، ويُبرزه بشكل مخيف.

الرسالة الثالثة

عزيزتي ندى،

كانت مفارقة غريبة من القدر أن نجتمع في غرفة نوم واحدة. لسنا مقربتين إلى هذه الدرجة، فأنتِ صديقة أختي المقربة. ربما اجتمعنا لسبب ما، ولكن نحمد الله أنني اخترت الغرفة ذات السريرين المنفصلين. أعاني

٨٣

من مشكلة حقيقية متعلقة بمساحتي الشخصية. ستسألينني بسخرية كيف سأتزوج أدهم وأدعه يشاركني السرير نفسه. أسكت لبرهة وأفكر في أن لكل مشكلة ألف حل. لن أدع عقلي المضطرب يترك النوم ويحلل الحلول الألف هذه الليلة، سأتركها إلى حين اقتراب موعد الزواج. الحب يصنع المعجزات، صح؟ سيفعل، ولكني أريد النوم الآن أكثر من أي شيء.

بدأ الحديث عبر السريرين بسؤال خاطف منكِ عن حياتي. أومن بأن الإنسان يكون في أصدق حالاته في ساعات الليل المتأخرة جدًّا، وعند شرب الخمر، وأنا كنت في أشد الحاجة إلى النوم ولذلك لم أفكر في التجمل أو الادعاء، أو تبسيط الحقائق وتهوينها علينا.

لا يخلو أي حديث بين شخصين من الحب، سواء بصورة مباشرة أو غير مباشرة، فالحب هو المصدر، وإليه نعود. علاقاتنا وتجاربنا العاطفية هي أكثر ما يغيِّر فينا ويشكلنا. لذلك استقر مركب أسئلة ندى العامة على شاطئ الحب الخاص.

آخ يا ندى! قلبك ما زال يدمي من جرح غائر لا يلتئم مطلقًا، على الرغم من مرور السنوات. أستطيع سماع تهدج أنفاسك وأنتِ تتحدثين عن هذا الوغد، الذي ظل كلعنة في حياتك لا تستطيعين التخلص منها. كان هو النموذج الكلاسيكي للأوغاد، لا داعي لأن تكملي القصة، فأنا أحفظها عن ظهر قلب.

شخص يظهر في حياتك، تتقاربان، تشعرين كما لو أن العالم يتسع به، والورد يزدهر في قلبك بقربه. يمر وقت جميل ثم تشعرين ببعض الفتور من جانبه، وتتعمدين تجاهل هذا الشعور. يختفي هو ليوم أو يومين ثم يعود، لا تهتمين بالاختفاء ما دام قد عاد إليكِ مجددًا. تتوهمين أنكِ ملاذه الأول والأخير، يغمرك مرة أخرى بالحب، ثم يختفي. يجن جنونك، لا تتوقفين عن الاتصال به كالمعتوهة، لا يجيب على اتصالاتك مطلقًا، تبدئين في البكاء والشكوى لكل من يقابلك. نعم،

وغدٍ بالفعل، لا تعودي إليه مرة أخرى تحت أي ظرف من الظروف.
ألا يمكنك رؤية الموقف؟ أنتِ مجرد دمية بالنسبة إليه، يمل من
الدمى الأخرى ثم يفتقد دميته القديمة فيعود للبحث عنها، يفاجئك
برسالة في منتصف الليل، يتشاجر عقلك مع قلبك وطبعًا يفوز قلبك،
وتستجيبين لرسائله أملًا في أن تكون هي المرة الأخيرة التي يختفي
فيها من حياتك. لكن هيهات!
هل أنتِ مستعدة لسماع ردي يا ندى؟
كنت مصابة، في أثناء الطفولة، بداء السرقة. لا أحد يعترف بمثل هذه
الأمور لشخص غريب عنه نسبيًّا مثلك، ولكنني، كما أخبرتك، أريد أن
أكون صريحة معكِ على نحو كامل، لأن خلايا دماغي لا تقوى على
تجميل الحقائق، بسبب رغبتي الشديدة في النوم. لم يكن أحد ليصدق أن
هذه الطفلة الهادئة، ذات الابتسامة الخفيفة الساذجة، والوجه البشوش،
تمد يدها في الخفاء لتأخذ ما ليس لها. كنت أعلم، بالطبع، أن ما أفعله
خطأ، لكنه لم يكن، من وجهة نظري، يندرج تحت بند السرقة بالمعنى
المتعارف عليه، فالسرقة بالنسبة إليَّ هي سرقة بنك مثلًا، وليست مجرد
سرقة مصاصة من محل حلويات.
كنت أعود إلى المنزل بما سرقته، وأغلق باب غرفتي، وأنظر إليه
كثيرًا بندم، ولكن بحب في الوقت نفسه! كان هذا شعورًا غريبًا جدًّا،
أو بالأصح، تداخل المشاعر بين الندم والاستمتاع جعلني أقع أكثر
وأكثر في فخ متعة السرقة. لم يعلم أحد من عائلتي يومًا بما كنت
أفعله، أساسًا كلها أشياء لا تتعدى المصاصات والحلويات، ولكنها
كانت عالمي كله.
ولأن أحدًا لم يعرف بهذا الأمر، ولأنني لم أجد له تفسيرًا مع الوقت،
كان هذا السر ثقيلًا جدًّا على قلبي، ومن ثقله، لم أستطِع التخلص منه.
اختلف نوع المسروقات والشعور واحد.
تقول الطبيبة النفسية «ليا ديفيس» إن داء السرقة عند الأطفال أمر شائع،

وله أسباب كثيرة لن أعددها كلها، ولكن ما استوقفني منها هو: الرغبة في الانتقام. لم تكن لديَّ أي مشاعر بغيضة تجاه مالك محل الحلويات، ولكن وفقًا للطبيبة النفسية، كان مالك المحل يمثل ما هو أعم وأشمل من شخصه.

دعيني أخبرك يا ندى أنني كنت أنا الوغد في قصتي مع محمود. كنت أسرق قلبه، ووقته، وطاقته، ومجهوده، وأسلب منه روحه ببطء. لا تتعجبي، فالوغد لا يعرف أنه وغد في وقت الفعل، بل لاحقًا. لديه من المبررات والأسباب ما يجعل فعله منطقيًّا، ولكننا نعلم أنه ليس منطقيًّا على الإطلاق بل منحط.

كان محمود، للأسف، غارقًا في حبي، غارقًا بالمعنى الحرفي للكلمة، ينتظرني لأنتشله مما هو فيه، وأنا أكره السباحة. جعلني منقذه الأول من أحزانه، وأنا أصلًا بالكاد أستطيع حمل سيفي، ولست قادرة على تحمل معارك الآخرين. فرض وجوده فجأة على حياتي كـ«حبيب»، وهو مسمى لم أكن مستعدة له على الإطلاق، ولكنه لم يكل ولم يمل. كان من الممكن أن أكثف من قوة صدي له ببساطة، ولكنني لم أفعل!

رؤية محمود وهو يضحك من كل قلبه عند سماعه إحدى نكاتي، ورؤية لمعة عينيه وهو يستمع إلى حكاياتي، كانت تعصر قلبي عصرًا. لم أكن أحبه الحب الرومانسي التقليدي، كنت أحب شخصه، أحب وجوده في حياتي. كان جميلًا بشكل لا يمكن وصفه، ولم أكن أريد لهذا الجمال أن ينطفئ لأي سبب، خاصة لو كان السبب هو عدم مبادلتي له المشاعر نفسها.

تمنيت كثيرًا أن يكرهني، أن يتركني، لأي سبب، ولكنه تجاهل عمدًا كل الأسباب وبقي.

كان مبرر جَرحه سرًّا هو عدم رغبتي في رؤيته مجروحًا فعلًا. كلما ابتعدت عنه أرقتني فكرة أنه يتألم. يُظهر ألمه في صوره، وكتاباته، والأغاني التي يشاركها على الملأ. كانت العودة إليه حملًا ثقيلًا يسحق

روحي ويقتلني، ولكن الشعور بالذنب الذي يلازمني كلما فكرت في أنني سبب تعاسته في أثناء البعد، كان يُذهب النوم من عينيَّ، وبكاؤه لي كلما تشاجرنا يجعلني أعود إليه مضطرة، ولو على حساب قلبي الذي لا يحبه.

أحاطت بي الاتهامات التي توجهها نفسي إلى نفسي. حسبت وقتها أنني أؤدي دور البطلة، ولكن ما أدركته لاحقًا هو أنني أتقنت دور الشريرة في الحكاية. أوهمت نفسي أن بقائي معه بمشاعر كاذبة أهون من تركه وحيدًا، حزينًا، تعيسًا. أيقظت الشر بداخلي في كل مرة طمأنته بالكذب أن الحياة جميلة لأننا معًا.

ثانية واحدة، دعيني أكمل حديثي من فضلك. أُرهقت تمامًا يا ندى، استنفدت روحي بكل لحظاتي الكاذبة معه، شعرت بأنني كالمسخ، نظرت إلى نفسي باحتقار في المرآة كل يوم، ثم كنت أهوِّن عليها باعتبار أن غايتنا أسمى وأرقى، فغايتنا إسعاد محمود. كان يشعرني بأنني مدينة له لأنه دائمًا هنا.

هل تريدين سماع ما هو أحقر؟ كنت أحيانًا أتعمد فعلًا مؤذيًا كي يكرهني محمود ويبتعد. لم أكن أريد أن أستمع إلى قصائده الطويلة التي تعظم عقدة الذنب بداخلي في كل مرة قررت الانفصال عنه نهائيًّا. كنت أريد أن يأتي هذا القرار منه هو، أن يكون مقتنعًا به ومؤمنًا بضرورته حتى تنقطع كل حبال العودة مرة أخرى، كي يكون قرارًا لا رجوع فيه.

لم أترك محمود بل هو تركني، ودعيني أخبرك أنه حررني من عقدة ذنب لم أكن أستطيع تحملها. عندما أرسل لي رسالة النهاية، نظرت إليها والدموع تتراقص في عينيَّ، كما لو أنني أرى عصفوري الجميل يكبر وينفش ريشه ليستعد للطيران، محلقًا بعيدًا عن عالمه الضيق داخل قفصي.

لم أكن أريد أن أفعل بمحمود ما فعله بي وغدي الخاص. وغد حياتي تركني أنزف وأتألم وأبكي وأشتكي وألعن حياتي، من دون أن يمد لي

طوق نجاة. فقط كسر قلبي واختفى. أتذكر هذا الشعور حتى الآن، على الرغم من مرور سنوات عديدة، ونسياني التام لهذه التفاهات. يختفي الأشخاص ويبقى فقط ما جعلونا نشعر به في يوم من الأيام، لذا أتذكر غصة حلقي، واحتراق قلبي، وانهمار دموعي في أي مكان، ومع أي شخص. كم كرهت هذا الشعور! وأقسمت يومها ألا يتكرر أبدًا، سواء لي أو لغيري. ولكنني، بعد محمود، توصلت إلى قناعة أن القتل بالرصاص أحيانًا قد يكون أهون من الذبح البطيء بسكين باردة. ولكنني لم أكن أريد أن يشعر محمود بما شعرت به أنا ذات يوم. كنت أرسل له طوق نجاة في كل مرة أبتعد فيها عنه كي لا يغرق.

آسفة لإخبارك أنكِ ستكونين الوغدة في قصة أحدهم، وستلتقين بوغد من نوع آخر، وستتوالى الحياة بالأوغاد، حتى يبتسم لكِ الحظ وتقعين في حب من يبادلك الحب.

أعلم أنني تكلمت كثيرًا، وأنني على الأرجح لم أرتقِ لتوقعاتك. كنتِ تنتظرين بعضًا من المؤازرة، ثم فوجئتِ بوغدة تتشارك معكِ الغرفة. ولن أتعجب إذا قررتِ قتلي في أثناء نومي انتقامًا لكل المنكسرة قلوبهم. لكنني كنت مريضة بداء السرقة وشُفيت، أو هكذا أعتقد. رحلة العلاج كانت شاقة بحق. مات «دكتور جيكل» عندما لم يستطِع السيطرة على «مستر هايد». وأنا، على الرغم من كل شيء، كنت أحب الحياة بكل ما فيها، وكانت رحلة العلاج لا تتلخص في حب الحياة، بل في حب الذات، وهذا صعب.. جدًّا، أن تُخرجي أسوأ ما فيكِ وتتواجهي معه بمنتهى الشراسة، ثم تدركين أن السبيل الوحيد للتخلص منه هو إبرام معاهدة سلام مع نصفك الشرير، ومصافحته، وتقبُّل كونه جزءًا لن يتجزأ منكِ، لأن تجاهله وإخراسه سيقتلانك.

اخرجي أنتِ أيضًا من قفصك. أعلم أن القفص يبدو ذهبيًّا ومغريًا جدًّا، ولكنكِ، إذا أحببتِه، فلن تستطيعي تركه أبدًا، وكلما خرجتِ منه ستشتاقين إلى توهجه. اخرجي من القفص وحلقي بعيدًا بكامل

قوتك. أغمضي عينيكِ كي تضلي عن الطريق ولا تعرفي سبيلًا للعودة. لا تنتظري أن يغلق هو باب القفص لكي يمنعك من دخوله، لأن هذا لن يحدث.

والآن نامي يا ندى، وكُفي عن الأسئلة من فضلك.

تصبحين على حياة من دون أوغاد.

«الشاكرا» الرابعة: «الأناهاتا»
«شاكرا» القلب

قصة حب «كريشنا» و«رادها» من أشهر قصص الحب الأسطورية، وعلى الرغم من اختلاف الأقاويل في هذه الحكاية، فإن هذه النسخة هي الأكثر شيوعًا. عُرف «كريشنا» بأنه إله الحب في الهندوسية، فتى أزرق اللون، ومشهور بالأنغام الساحرة التي يعزفها على آلة الناي. كانت «رادها» مجرد فتاة قروية عادية، من بين فتيات كثيرات يستمتعن بأنغام الإله «كريشنا». يقال إنها كانت تكبر «كريشنا» بسنوات، وإنها ولدت كفيفة، ولكن بصرها تفتق للمرة الأولى عندما رأت «كريشنا» وهو طفل صغير. أصبحا لا يفترقان مطلقًا في طفولتهما، وحتى صباهما. على الرغم من وجود الكثيرات اللاتي يتمنين نظرة من «كريشنا»، فإن قلبه لم يكن ينبض إلا لـ«رادها». تقول إحدى القصص التي توضح مدى حب «رادها» لـ«كريشنا» إن هذا الأخير كان يعاني ذات مرة من

ألم في الرأس، فطلب من إحدى الفتيات أن تقف فوق رأسه كي يقل الألم، لكن كل الفتيات رفضن هذا الطلب، لأنه يعني تجرؤًا وإهانة لإله مثله، ولو رآهن أحد لقتلهن على الفور. وجاءت «رادها»، ولم ترفض الطلب، واختفى الألم فورًا من رأس «كريشنا»، وعندما سألتها فتيات القرية كيف أتتها الشجاعة لمثل هذا الفعل الذي قد يودي بحياتها، أجابت أن موتها أهون عليها من رؤية «كريشنا» يتألم لأي سبب من الأسباب. كان كل منهما غارقًا في غرام الآخر بشكل لا يصدَّق. كان من المبهج أن نرى مثل هذه القصة تنتهي بالزواج، ولكن هذا لم يحدث للأسف، فـ«كريشنا» إله و«رادها» مجرد فتاة عادية. كبر «كريشنا» وآن الأوان ليتولى زمام حكم مملكته في السماء، وكان لا بد لهما أن يفترقا. افترقا بالفعل ولكن لم يكف أحدهما عن حب الآخر. تزوج كل منهما، ولكن حبهما لم يفارق قلبيهما قطُّ. كان حب «رادها» لـ«كريشنا» لا يوصف، تحبه لمجرد الحب، من دون أن تنتظر شيئًا في مقابل هذه المشاعر الجياشة. يصف البعض حبهما بالقول إنه لو «كريشنا» هو الشمس، فـ«رادها» هي أشعته. قصة حب «رادها» و«كريشنا» هي مثال للحب الحقيقي، الخالي من أي شهوات أو مطالبات. أن تكرس نفسك من داخلك لحب شخص من دون غاية أو أمل، فقط حب من أجل الحب، شعور مقدس لا يبلغه إلا من يفرغ نفسه من كل الماديات أو الأحاسيس الملموسة. من الحكايات الشائعة أنه تكريمًا

للحب العظيم الذي حملته «رادها» لـ«كريشنا» في قلبها، تحولت «رادها» إلى إلهة بدورها، وأصبح اسم «كريشنا» مرتبطًا دائمًا باسمها، وهما حاليًا في السماء معًا، يعيشان ما لم يستمتعا به على الأرض.

* * *

كان الجو مثاليًا ليس باردًا ولا دافئًا، تمامًا كما أحبه. وما أضاف إلى هذا السحر المناخي هو هدوء وقت الفجر. ارتديت ملابسي البيضاء وطوقت نفسي بالسلاسل الخضراء كما نصحتنا «كيارا». نظرت إلى نفسي في المرآة قبل أن أخرج من الغرفة، وغرقت في الضحك! آه لو رآني أدهم أو عائلتي أو أصدقائي! لظنوا على الفور أنني جننت. أنا أيضًا أشعر بأنني جننت، كيف قبلت بهذه الملابس، وكيف استمررت في هذه الرحلة حتى الآن؟ شيء غريب يتغيَّر في داخلي، ويجعلني رويدًا رويدًا أقبل بأشياء وأفعال لم أكن لأطيقها فيما مضى، بل لم أتخيل فعلها قبل رحلتي هذه إلى الهند مع «كيارا»، معلمة اليوجا. غريبة أيضًا قدرة العقل على رفض التغيير، وإبراز كل ما يمكن توضيحه لإقناعك بنبذه. في البداية يتحكم عقلك في حركاتك وعضلاتك، ويأمرها بعدم الاستسلام لأي جديد. هو يريدك أن تظل فقط هنا، قابعًا في مكانك، تحت رحمته، «لا تخرج، نحن لا نعرف ما قد يحدث لك خارج منطقتنا الدافئة»! يستطرد في أعذاره الواهية: «قد تفشل»، «قد يحدث شيء يحزنك»، «قد لا تستمتع».

تتغلب على البداية. على عكس كثيرين، أنا لا أعتقد أن البداية

هي الأكثر صعوبة، بل منتصف الطريق هو الأصعب، عندما تدرك أنه لم يحدث أي سوء منذ بدأتَ في هذا التغيير. يبدأ شعور لطيف يتسرب إلى داخلك، أنك ربما، ولو لهذه المرة فقط، قد تنجح. تستمر في التغيير ثم يعود عقلك مرة أخرى إلى الظهور على الساحة، للتشكيك في رغبتك في هذا الاستمرار ولمحاولة جعلك تشتاق إلى كل ما عرفته وتعودته في منطقتك الدافئة، يجعلك تشتاق إلى العودة، يضخم الصعوبات التي تجدها في منتصف الطريق، يجعلك تتساءل عن أهمية الرحلة، وعن طول الطريق، ومتى ستصل إلى وجهتك النهائية، وكيف ستصل، وإن كنت ستنجح في الوصول أصلًا. يبث الإحباط بداخلك، يشتت تركيزك، يُفقدك القدرة على الاستمتاع بالرحلة بكل محطاتها وشخوصها. إذا استطعت عقد جلسة تفاهم مع عقلك في مرحلة منتصف الطريق، إذا استطعت التغلب عليه، بإمكانك التغلب على معظم ما قد تقابله من عقبات فيما تبقى من هذا الطريق، مهما طالت المسافة.

خرجت من غرفتي وتوجهتُ إلى الحديقة الصغيرة المتصلة بفندقنا. اعتدت رائحة الجو هنا في الهند، رائحة شيء يحترق مجهول المصدر. نسيت رائحة الهواء في مصر. أنا هنا الآن بكل مشاعري وحواسي وعقلي. بدا لي كل شيء يقينيًا تمامًا، ولكنه مستحيل في الوقت ذاته.

قطع أفكاري صوت «كيارا» وبقية المجموعة تقترب. تبادلنا الابتسامات والمحبة. خرجنا من الفيلَّا، فوجدنا سيارة نصف نقل حديثة في انتظارنا، وسائقها الهندي يُهز رأسه متمنيًا لنا يومًا جديدًا

سعيدًا. جلسنا في الجزء الخلفي المفتوح من السيارة، وجلست معنا «كيارا» التي لم تكف عن الدندنة بصوت خافت. جلسة اليوم ستكون على قمة جبل عالٍ. لم أسأل عن التفاصيل كعادتي، التزمت الصمت وقررت أن أترك نفسي، ولو للحظات، من دون الشعور بأنني متحكمة في ما سيحدث. سأترك نفسي للتيار.

كان شعري يتطاير خلفي في كل اتجاه مع صعودنا إلى متن السيارة. شعرت بالهواء يتلاعب بشعري، ويغمز أنفي، ويضع إصبعه في عينيَّ اللتين أغمضتهما في هدوء، مستمتعة بالجو.

وصلنا إلى قمة الجبل المليء بالمساحات الخضراء. بدأ لون السماء يتغيَّر، وطلبت منا «كيارا» التوجه بسرعة إلى أماكننا حتى لا نضيع الوقت.

ـ «شاكرا» اليوم هي «الشاكرا» المفضلة لديَّ أنا شخصيًّا، إنها «شاكرا» القلب، «شاكرا الأناهاتا» باللغة السنسكريتية، وهي تعني: «غير المجروح، وغير المعلَّق، وغير المهزوم»، وهي الصفات الثلاث التي إذا اجتمعت في قلب واحد، فلا خوف على هذا القلب مطلقًا، مهما حدث من تغيرات. أنا أومن بأن كل شيء يبدأ من القلب. «شاكرا» القلب هي نقطة الوصل بين «الشاكرات» الثلاث الأولى، و«الشاكرات» الثلاث الأخيرة، حلقة الوصل بين كل شيء داخل جسمك وعقلك. علل القلب هي المصاب الأقوى والأكثر تأثيرًا في حياتنا وتفكيرنا. قلبك السليم هو عادةً بوصلتك إذا ما قرر عقلك التأثير على نحو سلبي في حياتك. رحلتنا اليوم في السيارة المفتوحة كانت

جزءًا مهمًّا من هذه الجلسة. الحب داخل قلبنا مثل الهواء، غير مرئي وغير ملموس، ولكن يمكننا الشعور به حولنا في كل مكان وكل وقت، ومن دونه نموت، إن لم يكن جسديًّا فروحيًّا. لا يمكننا الكفر بالهواء. إذا كان الجو حارًّا، مليئًا بالرطوبة، قد نتنفس بصعوبة، ولكننا نتنفس، وهذا التنفس دليل قاطع على الوجود الدائم للحب من حولنا مهما كانت الظروف وأينما وجدنا أنفسنا.

ما المشكلة في الحب إن كان وجوده حتميًّا؟ لماذا يجب أن نعالج «شاكرا» القلب اليوم؟ اليوم هو دعوة للتفكير في الحب على نحو مختلف، على نحو بعيد عن كل التصورات المشوهة التي تعلمناها صغارًا. «أكمل طبقك حتى تحبك أمك»، «استذكر دروسك وإلا لن يحبك أبوك»، «أعطِ ألعابك لصديقك كي يحبك أكثر»، «كن موجودًا دائمًا لحبيبتك كي لا تنساك». كلها أفعال إن لم تقُم بها فلن يبادلوك المشاعر، يجب أن نفعل هذا وذاك كي نكون جديرين بالحب من شخص ما. هذا المفهوم مؤذٍ بقدر كبير لنا، ولقلبنا الذي تشكل على الشرطية. نكبر وننضج لنجد أنفسنا تلقائيًّا نضع شروطًا لكي نعطي الحب للآخرين من حولنا. إذا لم يفعل هذا الشخص هذا الفعل فهو ليس جديرًا بالحب، إذا فعل هذا الشخص فعلًا معينًا فلنعطِه حبًّا أكثر، على الرغم من أن الحب في أصله يجب أن يكون مثل النهر المتدفق.

المشكلة الأخرى التي نواجهها في «شاكرا» القلب هي نوعية

الحب. نحن نعاني إما من حب مرضي وداء التعلق أكثر من اللازم وتمحور كل شيء حول هذا الحب، أو من عدم القدرة على الحب، كأن أحدهم قرر غلق صنبور الماء من المحبس نفسه، فنجد القلب جامدًا قاسيًا خاليًا ليس من الحب فقط، ولكن من كل المشاعر المتعلقة به مثل الشفقة والتعاطف والحنان وغيرها. نعم، يجب أن يوجد الحب في حياتنا، ولا بد له من أن يسير بشكل متوازٍ مع باقي مكوناتها. يجب ألا يسيطر الحب على هذه المكونات، وألا يغيب أيضًا عنها، وإلا سيحدث خلل بالطبع، في الحالتين.

اليوم نعيد التوازن إلى قلوبنا. اليوم نتعاهد على إعادة تعريف الحب في قلوبنا. اليوم نزيح ما أطلقنا عليه «حب» ونستبدل به الشعور الحقيقي، غير المشروط، غير المقترن بأي تصرفات أو أفعال أو تغيرات تطرأ على أشخاص. والآن، فلنبدأ وضعية اليوم: «الأوستراسانا»!

فلنجثُ على ركبنا، ونقف بشكل مستقيم بالجزء العلوي من الجسم، من الفخذ إلى الرأس، نرفع كلتا ذراعينا إلى السماء، نعود بهما إلى أسفل بشكل متوازٍ مع الجزء العلوي من الجسد. ضعوا أيديكم عند وسطكم، أسفل الظهر، لمساعدته. نعود بجذعنا إلى الخلف ببطء، ويُرجى الحفاظ على التنفس على نحو طبيعي. نُرجع رأسنا إلى الخلف أيضًا، ثم نمسك بكعبي القدمين باليدين. يُرجى فرد الظهر والكتفين، ولكن بشكل يجعلنا نشعر بالراحة في الوقت نفسه. والآن، انظروا إلى السماء

للمرة الأخيرة، انظروا إلى النجوم، إلى الشروق. اشعروا بالهواء من حولكم يلامس وجوهكم وأجسامكم، أغمضوا أعينكم، ورددوا معي:

أترك قلبي يتحدث الآن، لا لساني

أترك قلبي يشعر الآن، لا حواسي

قلبي مفتوح لحب الجميع

قلبي مفتوح لحب نفسي

حب غير مشروط، حب صافٍ من دون قيود

* * *

كنا في الصف الخامس الابتدائي عندما فوجئنا جميعًا بزميلتنا بثينة تدخل فناء المدرسة ذات صباح، قبل بدء اليوم الدراسي، وهي ترتدي الحجاب. كان شعر بثينة طويلًا، ثقيلًا، ناعمًا، ولديها غرة تنسدل كل دقيقة من فرط نعومتها على عينها لتضايقها. كلما لعبت معنا في وقت الفسحة كان شعرها يتمايل يمينًا ويسارًا في خفة، يجعل كل المدرسات يقتربن لتقبيلها. فجأة اختفى شعر بثينة تحت غطاء الرأس الأبيض. كان الكل ينظر إليها في طابور الصباح ويتهامس. نظرتُ إليها في سذاجة وأشرت إلى حجابها:

ـ لماذا؟

ردت في اقتناع:

ـ لأنني كبرت، هكذا قال لي والدي.

قلت لها في استنكار:

ـ بس احنا صغيرين مش كبار!

ردت في تحدٍّ:
ـ يبقى إنتِ لسه ماكبرتيش!

جاء موعد حصة الدين، انقسم الفصلان «أ» و«ب» إلى فصل مسلم وفصل مسيحي. أخذَت الراهبة الطالبات المسيحيات إلى كنيسة المدرسة. وكانت مُدرسة الدين الإسلامي تُدعى «مدموازال غادة»، في منتصف العشرينيات، غير محجبة، وترتدي الملابس «الكاجوال» العادية، وأكثر ما يميزها ألوان الروج البنية التي تزين بها شفتيها. كانت لديها القدرة على تحويل الدين إلى قصة لذيذة ذات أحداث درامية مُحمسة، ما يجعل حفظ الآيات لاحقًا واستذكارها أسهل كثيرًا.

لم أستطِع التركيز في ذلك اليوم إلا في جملة بثينة الأخيرة. لماذا كبرت بثينة وأنا لم أكبر؟ كيف استطاعت بثينة قبل أن أكبر أنا؟ ألسنا في السن نفسها والصف الدراسي نفسه؟ هل تشرب بثينة اللبن أكثر مني؟ أو ربما تسمع كلام والديها وأوامرهما أكثر مني؟
لاحظت «مدموازال غادة» شرودي، فنادتني عند انتهاء حصة الدين وسألتني عن سبب التشتت. حكيت لها حديثي القصير مع بثينة.
ـ طب ما أنا كبيرة أهو بس مش مغطية شعري.
جاوبتني «مدموازال غادة» في هدوء ولطف:
ـ مالهاش علاقة يا حبيبتي بمين كبير ومين صغير، ليها علاقة إنها عايزة تعمل كده، أو باباها عايز يعمل كده.
انتظرت الفسحة الثانية وأخذت أبحث عن بثينة حتى وجدتها.
قلت لها في غضب:

ـ يا بثينة، إنتِ مش كبيرة ولا حاجة. «مدموازال غادة» قالتلي
مالهاش علاقة، إحنا قد بعض عادي.

ردت بثينة:

ـ غادة دي كافرة أساسًا.

أجبت في خوف:

ـ يعني إيه؟

جاوبتني:

ـ يعني زي أبو لهب كده.

شهقتُ وجحظت عيناي من رد بثينة. كيف تقارن «مدموازال غادة»
بأبو لهب؟ هل هذا معناه أن «مدموازال غادة» ستدخل النار؟ لماذا؟
مر اليوم في سلام، على الرغم من أنني لم أستطِع إخراج كلام
بثينة من عقلي. لم أرِد أن أبلغه إلى «مدموازال غادة» أو الراهبة مديرة
المدرسة، لأنني كنت أعرف أن بثينة ستقع في مشكلة كبيرة، ولم أرِد
بأي حال من الأحوال أن أكون أنا السبب.

يوم الجمعة التالي، استيقظت من النوم على صوت آيات قرآنية،
إنها سورة الكهف كالمعتاد. تناولت الفطور وبدأنا في استذكار
الدروس، وانهمكت أمي في رسم لوحة جديدة من لوحاتها.

سألتها:

ـ أمي، هل سندخل النار؟

تساءلت في دهشة:

ـ مين قال كده؟ هندخل النار ليه؟ هو احنا بنعمل حاجة غلط؟

أجبتها:

ـ أصل بثينة قالت كده عشان مش مغطية شعري.

كانت والدتي قد تحجبت حديثًا، لكن خالتي سوسو لم تفعل.

أجابت أمي:

ـ لا يا حبيبتي، لما بثينة تقولك كده قوليلها: «ربنا يسامحك، محدش عارف مين داخل النار ومين داخل الجنة».

قلت لها بغضب:

ـ طب أنا عايزة أدخل الجنة!

قبَّلتني وطلبت مني استكمال المذاكرة.

يوم السبت، يوم دراسي ممل جدًّا، يبدأ بحصة اسمها «حصة الحياة»، تدخل فيها كلٌّ من مُدرسة الدين والراهبة للتحدث معنا عن مفاهيم الحياة في المطلق، وتكون فرصة لكل الطالبات للتعبير عن آرائهن.

كانت المفاجأة عدم وجود «مدموازال غادة». دخل بدلًا منها مُدرس جديد اسمه عبد الله، عرفتنا إليه الراهبة وقالت لنا إنه سيكون مدرس الدين الجديد.

لا أحد يدري أين ذهبت «مدموازال غادة»، لكن الفرحة كانت واضحة على وجه بثينة، التي عرفنا لاحقًا أن صلة قرابة تربطها بـ«مسيو عبد الله».

ظل «مسيو عبد الله» صامتًا معظم الوقت في حصة الحياة، وترك دفة الحديث لتقودها الراهبة، التي تحدثت عن مواضيع شتى.

جاء موعد حصة الدين. انقسمنا كالعادة. عرَّف «مسيو عبد الله» عن نفسه مرة أخرى، وبدأ بالتعرف إلى الطالبات واحدة تلو الأخرى.

اختار «المسيو» بثينة لتقف وترتل بعض الآيات القرآنية. أخذ «مسيو عبد الله» يشرح لنا درس اليوم بطريقة روتينية، بصوت عالٍ، ثم خصص آخر ربع ساعة من الحصة للأسئلة العشوائية من الطالبات.

ـ هل الحب حرام أم حلال؟

ـ حرام طبعًا.

ـ ماذا سيحدث إذا لم تتحجب الفتيات؟ هل سندخل النار؟

ـ نعم، أنتن كبيرات الآن، وستحاسَبن على معرفة أن الحجاب فرض مثله مثل الصلاة.

ـ يعني إيه «كافر»؟

ـ يعني كل واحد عارف أمر إلهي ومش بيعمله.

جاء رمضان وازداد عدد الطالبات المحجبات اللواتي ارتدين غطاء الشعر فقط من أجل الشهر الكريم. أكد «مسيو عبد الله» على أن من تخلع الحجاب بعد شهر رمضان ستكون عقوبتها عند الله شديدة.

عدت إلى المنزل بعد يوم دراسي مرهق. انتهينا من الإفطار وجلست مع أمي أمام التلفاز، وقلت لها إنني أريد أن أرتدي الحجاب. حديث «مسيو عبد الله» عن النار يؤرقني. رفضت أمي رفضًا قاطعًا. توسلت إليها ولكنها أصرت على الرفض.

كانت السنوات الثلاث في المرحلة الإعدادية هي الجحيم المطلق في المنزل: لا أريد تشغيل التلفاز إلا على قنوات القرآن، أنظر إلى أمي في غضب وهي تمنعني من ارتداء الحجاب. هل تريد الذهاب إلى الجنة وحدها؟

استطعت أن أختم قراءة القرآن ثلاث مرات في شهر رمضان، وحفظت أكثر من عشرة أجزاء كاملة. «اللهم أبعدنا عن نار جهنم، وارزقنا جنات النعيم»!

كانت القشة التي قصمت ظهر البعير عندما تجمعت العائلة كلها قبل زفاف خالتي الصغرى بيوم، للرقص والاحتفال في المنزل. استمتع الكل بوقته، وأنا وحدي لا أرى إلا نيرانًا تحاصر منزلنا بكل من فيه. حاولت أن أردد الأذكار بصوت عالٍ في عقلي كي يتشتت عن صوت الموسيقى لكن لا فائدة. كانت أصوات الضحكات تتعالى. قام عمو أمجد وزوجته ليلى ورقصا معًا بطريقة كوميدية. تخيلت نفسي وأنا أصرخ فيهم جميعًا وأحذرهم من دخول النار: «الله سيخسف بنا الأرض خسفًا. كيف ستقابلونه بملابسكم وضحكاتكم وموسيقاكم ورقصكم؟ كيف لا تخافونه؟ كيف لا تهابونه؟ عودوا إلى رشدكم قبل يوم لقائه. أنا أحبكم ولا أريد أن أذهب إلى الجنة وحدي»!

قمت من مجلسي في تقزز ودخلت غرفتي وفتحت القرآن وبدأت في قراءته.

دخلت أمي الغرفة وسألتني لماذا أجلس هنا وحدي.

أجبتها من دون أن أنظر إليها:

ـ لأنني لا أريد مجالسة الكفار.

صمتت أمي ولم ترد.

قبل أن تخرج من الغرفة نظرت خلفها وقالت:

ـ إذا كانت جنتك أنتِ وبثينة وغيركما بهذا الأسلوب فلا نريد أن تطأها أقدامنا معكن!

تزايدت الشكاوى من «مسيو عبد الله» عند مديرة المدرسة. كان الأهالي غاضبين من التغير في أسلوب بناتهن، ومن تشددهن. اتهموا «مسيو عبد الله» بالإرهاب، وإدارة المدرسة بالتساهل، وهددن بسحب ملفات الطالبات من المدرسة، الأمر الذي جعل المديرة تقيل «مسيو عبد الله» على الفور.

عاقبتني أمي عقابًا غريبًا، أمرتني أن أقرأ، مقابل كل صفحة من صفحات القرآن، صفحة مثلها من كتاب آخر. اشترت لي مجموعة متنوعة من الكتب، روايات مختلفة، وكتب فلسفية مبسطة من مختلف البلدان.

وقعت في حب القراءة تدريجيًا. كلما قرأت، اتسع عالمي وتضاءلتُ أنا. وقعتُ في حب المعلومات الجديدة، والحكايات المثيرة، وأبطال الروايات الذين اتخذتهم أصدقاء لي.

استطاعت القراءة تشتيت تفكيري، وهدأت نوبة غضبي تجاه من لا يتبعون أوامر الله، بالتزامن مع الثانوية العامة وانهماكي في المذاكرة في هذه المرحلة الفاصلة، بالإضافة إلى انتقال بثينة إلى مدرسة أخرى، ولكن ما زالت النار والجنة والثواب والعقاب تؤرقني، تتمكن مني أحيانًا إلى درجة تجعلني أريد تفتيت رأسي وتهشيمه.

أخبرتني أمي أن صديقة عمرها عادت من أمريكا مع ابنتها، كانتا لا تفترقان في فترة الجامعة، وتعاهدتا على تسمية ابنتيهما بالاسم نفسه، وولدنا أنا وهي في اليوم نفسه، بفرق دقائق قليلة فقط. تقابلنا ليلة الخميس في النادي. جلست الأمَّان تخبراننا عن

ذكرياتهما المشتركة وتضحكان. طلبت مني أمي أن آخذ ابنة صديقتها في جولة في النادي.

كانت هي، على نقيضي، متحدثة لبقة، وعلى الرغم من صمتي معظم الوقت، فإنها استطاعت، ببراعة أحسدها عليها نظرًا إلى سنها، أن تُخرج مني كثيرًا من الكلمات. كانت تقرأ أيضًا، ولكنها لم تبدأ القراءة كعقوبة مثلي، قرأت لحب القراءة ونهم المعرفة.

سألتني:

ـ صاحبتِ قبل كده؟

أجبتها في دهشة:

ـ لا طبعًا!

سألتني:

ـ ليه؟

أجبتها في استنكار:

ـ عشان حرام!

ردت في سخرية:

ـ الحب حرام؟ ده مين اللي قال كده؟

أجبتها في تحفز:

ـ ربنا. إنتِ مش مسلمة ولا إيه؟

ردت بالنبرة الساخرة نفسها:

ـ وهو إنتِ فاكرة إن ربنا ده، على افتراض إنه موجود يعني، هيسيب كل حاجة ويزعل من مين بيحب مين؟

ربما كانت هذه المرة الأولى التي أختبر فيها أعراض الأزمة القلبية

المصغرة. «ربنا يزعل»! «على افتراض إنه موجود»؟! ما هذا الكلام الذي يشيب له الولدان! كيف تتحدث هذه الصعلوكة الصغيرة عن الله على هذا النحو الهزلي المرعب؟!

كانت هذه مقابلتي الأولى والأخيرة معها. استطعت أن أتملص من كل محاولات أمي لجمعنا مرة أخرى في مكان واحد. ألا تكفي ذنوبنا، كي نحمل على عواتقنا ذنوب السكوت عن التطاول على الله؟

✳ ✳ ✳

ـ يقول «ديكارت» إن الإنسان يجب أن يشك، ولو لمرة واحدة في حياته. شكَّ «ديكارت» في كل شيء، في الحواس، وفي الحياة الشعورية، وفي العقل، شكًّا هو بداية كل شيء. الشك هو بداية اليقين.

علا صوت «مسيو جورج»، مُدرس الفلسفة، عند كلمة «اليقين»، واستيقظتُ بها من غفوة قصيرة في نهاية يوم دراسي طويل. غضب «مسيو جورج» من نومي في أثناء الحصة. له كل الحق طبعًا. طلب مني الخروج من الفصل، والتوجه إلى مكتب المديرة.

دخلت مكتب المديرة وحكيت لها ما حدث بكل أمانة وحقيقة. ربتت على كتفي، وعاقبتني بأن أعيد ترتيب كل الكتب في مكتبة المدرسة إلى حين انتهاء اليوم الدراسي.

كان الجو شتويًّا، ثقيلًا، وكانت المكتبة دافئة جدًّا، وخالية على غير العادة. أشارت لي المديرة إلى قسم الكتب العربية التي تحتاج إلى ترتيب. كانت طريقتي في الترتيب مختلفة، لم أكُن من هواة إصلاح الوضع الحالي، بل هدم كل شيء وإعادة البناء مرة أخرى.

١٠٦

أنزلت كل الكتب من المكتبة على الأرض، وبدأت في ترتيبها وفق الحروف الأبجدية لعناوينها. انتهيت من المجموعة «أ» وبدأت في رصها على الرف الخاص بها. سمعت صوت شيء يقع خلف ظهر المكتبة. أزحت الدولاب إلى الخارج قليلًا، وأملت ألا يكون شيء قد كُسر، فأنا لا أريد أن أتحمل أي عقوبات أخرى.

كان كتابًا قديمًا رثًّا، صفحاته مكرمشة وبنية، ربما كان محشورًا في أحد الأرفف. مددت يدي وأمسكت به: «أولاد حارتنا»، نجيب محفوظ.

كان الغلاف، المرسوم بخط اليد، ممزقًا، إلا أن ذلك لم يُخفِ عيني الفتاة التي ظهرت على الغلاف بملايتها اللف ونظرتها الثاقبة. وضعته بين كتب المجموعة «أ» واستأنفت ترتيب الكتب الأخرى. أنهيت الترتيب مع انتهاء اليوم الدراسي. رن جرس المدرسة، وهممت بالخروج من المكتبة، إلا أنني وقفت لثانيتين ثم توجهت مرة أخرى إلى الدولاب المرصوص، أخذت كتاب «أولاد حارتنا»، نظرت مرة أخرى إلى الفتاة على غلافه، ثم خبأته تحت قميصي وخرجت. لم يكن يُسمح بإخراج أي كتاب من المكتبة إلا بكارت الاستعارة الخاص بكل طالبة.

كان اللوم يصاحبني في طريق عودتي إلى المنزل. أنا سارقة. ستعرف المديرة أنني سرقت الكتاب وستكون العواقب وخيمة. عدت إلى المنزل، ودخلت غرفتي. نظرت إلى الكتاب بمشاعر مختلطة، بين الخوف والفضول. مددت يدي، وفتحته، وبدأت القراءة في هدوء.

لحسن الحظ لم يشعر أي شخص في المدرسة باختفاء الكتاب. لم يهتم أحد على الإطلاق به، ما جعل شعوري بالذنب يقل، في حين تعاظم لديَّ شعور إنقاذ الكتاب من مصير مجهول.

«يا ترى إنت فين يا جبلاوي؟».

الرسالة الرابعة

عزيزتي «سور سعاد»،

أود أن أخبرك أنني والطالبات لم نكف عن الحديث عنكِ، على الرغم من القوانين الجديدة التي اقتضت عدم ذكر اسمك في أروقة الفصول أو في أي وقت ومكان. يريدون أن نتعامل معكِ كأنكِ لم تكوني يومًا هنا. لا يختفي شخص ما في يوم وليلة بهذه البساطة، خاصة إذا كان هذا الشخص هو أنتِ.

لم نعرف ماذا حدث لكِ، كل ما أردناه هو الاطمئنان على الأقل. تركتِ في كل طالبة منا ذكرى لا تُنسى، سواء بنصيحة أو بأغنية جديدة تدندنينها، أو بنُكتة من نكاتك التي لا تفشل في إضحاكنا في طابور المدرسة الصباحي. ربما ساعدك صغر سنك. كان الكل فرحًا برؤيتك للمرة الأولى، إلا أنا، فقد طغت على فرحتي تساؤلات كثيرة، من ضمنها: لماذا قد تختار فتاة شابة مثلك حياة الرهبنة في هذه السن الصغيرة؟

تخبطت بي الحياة كثيرًا في تلك الفترة، ليس بسبب اختفائك المفاجئ بالطبع، فلا أريد أن أحملك أكثر مما يصح، لكن ربما كان رحيلك سببًا يضاف إلى أسباب كثيرة. دخلتُ رحلة لم أطلب الاشتراك فيها: رحلة البحث عن الحقيقة، والحقيقة كما تعرفين، وكما عرفت مؤخرًا، مشتتة بين القبائل.

كفرت بكل شيء، وأولًا الله. أصابتني الغيرة من كل من هو متأكد جدًّا،

خاصة الأنبياء الذين استطاعوا، على حد قولهم، التحدث مباشرةً إليه، وقد تركَنا نحن، عبيده، في صمت مطبق ومطلق. هل هذا غضب منا مثلًا؟ لو غضب الله منا، لكان أولى به أن يعاتبنا، بدلًا من أن يتركنا في مرتع من محدودي الفكر والتفكير.

هل خلق الإنسان مفهوم «الإله» فقط ليطمئن أنه ليس وحيدًا، حتى لو اتحدت كل الظروف ضده؟ هذا المفهوم ترسخ لدينا حتى ونحن نشاهد أفلام الكارتون في صغرنا: سينقذ أحدهم الأميرة ويبحث عنها، وسينتشل أحدهم الصبي الفقير من فقره عن طريق فرك الفانوس المقدس. هل لا بد من وجود «إله» في حياتنا؟

هل الله هو الحظ الجيد؟ هل الله هو حصالة كبيرة نضع فيها حسناتنا حتى ندخل الجنة؟ هل نتصدق على الفقراء لأننا نشعر حقًّا بمعاناتهم، أم طمعًا في مزيد من الحسنات؟ هل نصلي حبًّا لله وتقربًا منه، أم خوفًا من النار؟ إذا كان الشيطان مِن خَلق الله، فلماذا دخل الله معه في تحدٍّ وكنا نحن فئران التجربة؟ ماذا لو لم أرغب في دخول هذه المعركة أساسًا؟ فقط أريد أن أحيا وأفعل ما أحبه وأموت في هدوء؟

لو سردت لكِ كل الأسئلة لنفدت الأوراق وتصحرت الغابات. تركت نفسي للأسئلة مثلما تركت نفسي سابقًا لبثينة ومثيلاتها، تركت نفسي على الرغم من أن نفسي هي الأهم.

لم أشعر بأن الله يسمعني حقًّا في فترة تشددي. لم يكن لصلواتي إلا صدى صوت سخيف بداخلي، كأنني أخاطب الفراغ. ثم وجدتني لاحقًا أرى أن الله هو الفراغ، فلم أعد أتحدث معه وأشكو إليه.

الغريب في هذه الرحلة أنني وجدت ـ حتى لو اختلفت المسميات عند العقائد المختلفة ـ أن الفكرة تبقى واحدة: سواء الطاقة المطلقة، أو العلم، أو الآب والابن والروح القدس، أو الله بالمفهوم الإسلامي، أو آلهة الفراعنة وتماثيل «بوذا» و«كونفوشيوس». كل هؤلاء يدورون في حلقة مفرغة تبدأ به وتنتهي إليه.

فسر البعض أن الشعور بالحب تجاه الآخر هو اندفاع هرمون الدوبامين في الجسم، والحظ الجيد على أنه طاقة جذب للأفكار. هل لكل شيء تفسير منطقي عقلاني فعلًا؟ إذن فليستبدلوا بنا روبوتات، يضخون فيها كل هرموناتهم وطاقات الجذب، ونجلس نحن في انتظار لحظة الموت في هدوء، من دون الدخول في صراعات نفسية، بدلًا من كل هذا الصخب والضجيج.

ربما كان الخطأ الأكبر هو اعتقادي أن الله كيان منفصل عني، لا يسمعني فقط في صلواتي بل في كل وقت، لا يغفر لي بسبب سردي لأذكار الاستغفار بل يغفر لي عندما يعتصر الندم قلبي في صمت.

الله هو «الحُب الخام»، كما قالت لي «كيارا»، يشعر بي وأشعر بوجوده، حتى لو تفرقت بنا السبل لفترات، حتى لو لم أنهِ طبقي وطعامي. أخرجتُ النار من مفاهيمي، لم تعُد تخيفني ولم أعُد أستسيغها، الله هو مَن خلقني قابلة للوقوع في حب الشهوات واللذات، لذا فهو يعلم.

أتذكر محادثتنا الأخيرة يا «سور سعاد»، كنتِ في طريقك إلى الكنيسة، ولمحتني في المكتبة كعادتي مؤخرًا. سألتِني لماذا لست في الفصل، أجبتك أنني أشعر بإعياء، قلتِ لي إن من يشعر بالإعياء يذهب إلى العيادة. ولكن الإعياء هذه المرة كان نفسيًّا، ولم يكن هناك طبيب أجدر من الكتب ليشفيني، ولو على نحو مؤقت. هربت من حصة التربية الدينية، لا أطيق سماع ما يجب وما لا يجب، لا أطيق مقارنات أخرى بين المسلم الصحيح وغير الصحيح، لا أطيق أي كلمة قد تُدخلني في متاهات جديدة.

سألتِني:

ـ هل يضايقك «مسيو» التربية الدينية؟

أجبتك:

ـ لأ، هو عادي، مايختلفش كتير عن بقية المُدرسين، أنا بس اللي مش قادرة.

ربتِّ على رأسي في حنان، وهممتِ بالخروج، عندما فاجأتك بسؤالي:
ـ هو احنا هنخش الجنة؟ يعني هل أنا مسلمة وحضرتك مسيحية، فيه أمل نتقابل في الجنة؟ ولا حد مننا داخل النار كده كده؟

عدتِ أدراجك وجلستِ على الكرسي المجاور لي. تأسفتُ لكِ على قلة ذوقي، لم يكن يجدر بي التفوه بمثل هذا الكلام. ابتسمتِ وطلبتِ مني فك رباط حذائي. لم أفهم طلبك، ولم أستوعبه، ووجدتك تفكين رباط حذائك أنتِ أيضًا. طلبتِ مني أن أريكِ كيف أعقده، عقدته ونظرت إليكِ. ثم بدأتِ أنتِ أيضًا في عقد رباط حذائك.

ـ أنتِ عقدتِ جزمتك بطريقة وأنا بطريقة مختلفة عنكِ، لكن النتيجة إيه؟ إن أنا وانتي رابطين جزمتنا كويس وقادرين نمشي بيها، مش مهم الطريقة المهم النتيجة، قيسي ده على كل حاجة في حياتك. مفيش طريقة واحدة بس هي اللي صح، وماينفعش أقولك طريقتك غلط.

فهمت تعدد الطرق، وبالتالي، تركت متاهات البحث لأفعل ما يمليه عليَّ قلبي ويوافق عليه عقلي، حتى لو اختلفَت هذه الطريقة مع وصفة العبادة المثالية في نظر الكثيرين.

هل تذكرين «مدموازال جابريال»، معلمة التربية المنزلية؟ كنت المفضلة لديها في الفصل بسبب مهارتي في «الكانفا» و«الكروشيه». مررت بها في وقت الفسحة، كانت تطرز. كان الكل متحفزًا، صامتًا في تلك الفترة بعد اختفائك، ولكنني كنت أريد أي إجابة.

جلستُ أمامها أساعدها في ضم الخيط في الإبرة نظرًا إلى كبر سنها وضعف نظرها، تبادلنا الحديث وكانت ترمقني بنظرات كلانا نعرف فحواها جيدًا. كانت تدرك أنني أريد أن أسأل، وكنت أشعر بأنها تريد أن تجيب.

علمتِ من «مدموازال جابريال» ـ التي أقسمَت عليَّ بالمسيح والعذراء أنها، لو تفوهتُ بكلمة، ستحول حياتي الدراسية إلى جحيم مطلق ـ أنكِ هربتِ مع حبيبك!

وقعتِ في حب رجل مثلما وقعتِ في حب المسيح من قبل، ولكن هيهات، المدرسة لم ترضَ بكِ إلا في شكل معين، وأنتِ خذلتهم. أتذكرك دائمًا، كلما عقدتُ رباط حذائي. تعلمت أن أربطه الآن بأكثر من طريقة، وبفضلك أسير وأكمل طريقي باختلاف الربطات.

فليباركك الرب أينما كنتِ، ويحميكِ الله من كل سوء، وترشدك الطاقة إلى الحياة الأمثل، وينير لكِ «بوذا» طريقك، وليجمل حياتك «كريشنا» بالحب والغرام.

«الشاكرا» الخامسة: «الفيشودها»
«شاكرا» الحلق

للهندوسية ثلاثة آلهة أساسية، إلا أن واحدًا منها ـ وهو الإله «براهما» ـ لم تعد له شعبية، إلا في إطار ضيق جدًّا في جنوب آسيا. لم يعد أحد يقدسه أو يصلي له، ويرجح كثيرون أن السبب يعود إلى لعنة ما!

قبل خلق الأرض، كانت للكون ثلاثة آلهة: «شيفا»، و«فيشنو» و«براهما»، كل منها لديه واجباته التي يؤديها على أكمل وجه. في يوم من الأيام، عقد الثلاثة اجتماعًا مهمًّا لبحث فكرة خلق الأرض والبشر. بعد ساعات طويلة ومرهقة في مناقشة إيجابيات الفكرة وسلبياتها، اتخذ القرار بالإجماع، مع إسناد مهمة خلق الأرض والبشر إلى الإله «براهما».

وبدت المهمة معقدة جدًّا، حتى بالنسبة إلى الإله «براهما» نفسه، لذلك باشر عمله بخلق معاونين له، ليوزع عليهم

المسؤوليات، من بينهم كانت إلهة أنثى تُدعى «شاتاروبا»، والاسم يعني، باللغة السنسكريتية: مليون شكل ووجه. خلقها «براهما» لتتولى، بأشكالها ووجوهها المختلفة، أكثر من وظيفة في عملية تكوين الأرض وتنظيمها.

كانت «شاتاروبا» آية في الجمال. ولع «براهما» بها وأهمل عملية الخلق، وتفرغ لمتابعتها أينما ذهبت ومراقبتها في كل ما تفعله، ما أزعجها كثيرًا. أصبحت تختفي بين الحين والآخر أملًا في التخلص منه، إلا أن «براهما» خلق لنفسه بدلًا من الرأس الواحد اثنين، فقط لمتابعتها. كلما شعرت «شاتاروبا» بالضيق من تعلق «براهما» بها، اختبأت في مكان مختلف حتى تستطيع إنجاز مهامها. إلا أن «براهما» لم يتوقف عند هذا الحد، بل خلق لنفسه رأسًا ثالثًا، ثم رابعًا. طفح الكيل بـ«شاتاروبا» وقررت الهروب في بُعد آخر من السماء، والاختفاء من أنظار رؤوس «براهما» الأربعة. غضِب «براهما» لكنه لم ييأس، بل قرر خلق رأس خامس له، بحث عن «شاتاروبا» حتى وجدها في البُعد السماوي الذي هربت إليه.

وصلت إلى مسامع الإله «شيفا» تصرفات «براهما» تجاه «شاتاروبا»، الأمر الذي أثار غضب «شيفا» كثيرًا: كيف يمكن لإله أن يسمح لشهواته بالانحطاط إلى هذا المستوى المادي البائس؟ طلب «شيفا» مقابلة «براهما» برؤوسه الخمسة. عقد معه اجتماعًا مغلقًا، وضح له فيه وضاعة ما يفعله، إلا أن «براهما» دخل في شجار عنيف مع «شيفا»، وتطور الأمر، حتى

أشهر الإله «شيفا» سيفه وقطع الرأس الخامس لـ«براهما»، وأنزل لعنة عليه بألا يهتم به أيٌّ ممن خلقهم.

* * *

أفضل ما سمعته اليوم هو أننا لن نغادر الفيلَّا التي نمكث فيها. اليوم هو يوم «شاكرا» الحلق، كما أبلغتنا «كيارا». لم توضح تفاصيل ما سنفعله اليوم، ولكنني لا أشعر بالرغبة في مغادرة مكاني، أو غرفتي، أو سريري. تسمح لنا «كيارا» بساعة واحدة فقط يوميًّا لتفقد الإنترنت، لكن حتى هذه الساعة اليومية لم أستخدمها، لأكثر من أسبوع الآن. لا أريد التواصل، أو معرفة ما يجري خارج عالمي الحالي. ما يهمني الآن هو التشبث باللحظات الحالية التي أعيشها.

سيطرت على عقلي، منذ أن استيقظت، رغبة ملحة في العودة إلى الطفولة، حيث كل شيء هادئ. كان كل الأطفال يريدون أن يصبحوا كبارًا إلا أنا، كنت راضية بما أنا عليه. ربما السبب الوحيد الذي جعلني أرغب أحيانًا في أن أكبر هو كرهي للمدرسة وللاستيقاظ مبكرًا. وهأنذا كبيرة وناضجة، وأستيقظ مبكرًا بكامل إرادتي.

كنت أخاف من النوم وحدي في الصغر: أخاف من وحش الظلام، ومن الأشباح، ومن هذا الكائن الذي يسكن تحت سريري. لم أعلم آنذاك أن مخاوفي لم تكن إلا هراء مقارنة بما أخاف منه الآن. كيف لي أن أقارن الوحش الذي يقبع تحت السرير بالوحش القابع في داخلي، الذي يتغذى من أفكاري السوداوية، ومن هذا التوتر الذي لا ينقطع، وقبضة القلب التي لا تفارقني، وتقلباتي المزاجية التي تتسبب أحيانًا في قتل أي متعة؟ كيف لي أن أقارن الخوف من ظلام

١١٥

غرفتي بشعور الضياع في طرق أعرفها جيدًا وأمُر بها يوميًا وسط أناس حفظت وجوههم؟

سمعت صوت نقر على باب غرفتي. كانت «كيارا» تتأكد من أنني استيقظت واستعددت. لاحظَت أنني لا أبدو على ما يرام، فدخلَت إلى الغرفة وسألتني عما أشعر به. أخبرتها عن معدلات طاقتي المنخفضة، وأنني سئمت استرجاع كل هذه الذكريات.

استأذنتني في أن تحتضنني. أومأت لها برأسي.

ضمتني «كيارا» وهمست لي:

ـ تخلصك من الماضي يعطي الضوء الأخضر لمستقبلك كي يأتي بسلاسة. لن تستطيعي الاستمتاع بأي مستقبل إذا لم تغلقي صفحة الماضي بكل أزماته. يجب أن تعلمي أنكِ لستِ ماضيكِ ولستِ حاضرك ولستِ مستقبلك، بل أنتِ المتحكمة فيها، أنتِ من تخلقينها، أنتِ فقط. أرسل إليكِ كثيرًا من الضوء الدافئ والحب والشجاعة، وبريق نجوم السماء. أنا فخور جدًّا بكِ وبكل ما تفعلينه الآن، وبكل ما مررتِ به وما ستؤدينه في المستقبل.

احتضنتها بشدة.

سارت «كيارا» بي إلى خارج الغرفة، وسألتني بنبرة مازحة:

ـ هل جربتِ الغناء من قبل؟

أجبتها ضاحكة:

ـ لا، إطلاقًا. فقط في الحمَّام!

ردت «كيارا»:

ـ جلسة اليوم هي «كاريوكي» متاح للجميع!

انتهينا من درس اليوجا، الذي تمحور حول وضعية «الهالاسانا» الصعبة جدًّا. نتمدد على الأرض ثم نرفع جذعنا بأذرعنا، ونخفض أرجلنا إلى الوراء حتى تلامس أقدامنا الأرض خلفنا.

الصوت الوحيد الذي أسمح أن يؤثر فيَّ

هو صوت حكمة الرب المطلقة

الصوت الوحيد الذي أسمح أن يؤثر في حياتي

هو صوت «الأنا» النقية المقدسة

أتحدث بحب

أتكلم بحكمة

أتحدث بشفافية

أتكلم بثقة

استطاع درس اليوجا أن يشحنني ببعض الطاقة. لاحظت أن توتري الصباحي خف، وشعرت بأن عضلاتي أفاقت من خمولها. حضَّرت «كيارا» مشروب القرفة، وتناولناه معًا، ثم جلسنا كلنا في بهو الفيلَّا، الذي امتلأ بالميكروفونات، لكل منا ميكروفون.

اقتربت «كيارا» من الميكروفون الخاص بها وبدأت حديثها قائلة:

ـ هل اتخذ الجميع مجالسَهم؟ حسنًا. اليوم هو يوم «الشاكرا» الخامسة. محطتان فقط، وتنتهي رحلتنا الممتعة معًا! أليس هذا رائعًا؟ كنا نحسب الطريق طويلًا عند بدايته، والآن نقف بعد منتصفه، وننظر إلى الوراء، ونشعر بالامتنان لكل المشاعر والأحاسيس، السلبية منها والإيجابية. نشعر بالامتنان تجاه

أنفسنا. تعلَّم أن تكون لطيفًا، ودودًا مع نفسك. تعلم ألا تقسو عليها أكثر من اللازم.

«شاكرا» الحلق، أو «الفيشودها»، تتعلق بما نفعله طوال اليوم أكثر من أي شيء آخر: التحدث، الكلمات التي تتدفق كالينبوع من فمنا، وقد تكون قاتلة أو قد ننقذ بها العالم.

«شاكرا» الحلق قد يسدها الكذب، إخفاء الحقيقة، الخوف من عواقب الحديث، الشك، كل ما يمنعنا من التعبير عن أنفسنا بمنتهى الحرية. قد يسدها الصمت، الذي يقتل صاحبه قبل أن يقتل «الشاكرا» نفسها.

بالمقابل، قد تفرط «شاكرا» الحلق في النشاط عندما تُستخدم على نحو سيء، يكون الشخص متحدثًا دائمًا لا مستمعًا، لا يتوقف عن الكلام حتى يصبح مزعجًا لكل المحيطين به.

«شاكرا» الحلق هي الأداة التي تُعبر بها «الشاكرات» الأخرى عن مهامها. الإنسان الذي يتوقف عن التعبير هو مجرد جثة غير هامدة، خائر القوى تمامًا، ضعيف وهش، لأن قوتنا الحقيقية تأتي من قدرتنا على التعبير عن رغباتنا ومشاعرنا.

لا أريد أن أكون ثرثارة وأسهب في الحديث. تمرين اليوم، بعد درس اليوجا، هو الغناء!

همهم المشاركون ببعض الكلمات، فقاطعتهم «كيارا» قائلة:

ـ نعم الغناء. تمرين آخر ممكن هو الصراخ، ولكننا لا نريد أن نخيف جيراننا في البيوت المجاورة. ليس من المهم أن تكون مغنيًا محترفًا، أو أن يكون صوتك عذبًا، يكفي أن يكون لك

صوت. لسنا في برنامج «ذا فويس» هنا، ولا توجد أي لجنة تحكيم، نغني فقط من أجل أن ننبه «الفيشودها» أننا قادمون. ما يجعل هذا التمرين ممتعًا اليوم هو أننا مجتمعون هنا من مختلف البلدان، ولكل منا أغنية معينة بلغته الأم، يتذكرها جيدًا ويحبها ويدندنها، فلنغتنم فرصة الغناء للتعرف بعضنا إلى بعض، والتعرف إلى أنفسنا أيضًا.

كانت البداية مع فتى يوناني استجمع شجاعته وبدأ يغني بصوت منخفض، في الميكروفون الخاص به، أغنية عذبة لم أفهم منها إلا كلمة واحدة: «ساغابو»، وتعني «أحبك». توالت الأدوار، وتعالت معها الأصوات المختلفة، واستطاع الكل أن يذيب جليد الخجل. جاء دوري. فكرت مليًّا، ثم بدأت أغني أغنية لعمرو دياب، تحديدًا من ألبوم «الليلة دي». لماذا تذكرت هذا الألبوم دون غيره؟ نظرت إلى «كيارا» نظرة ثاقبة، فطلبت مني بإشارة من عينيها الاستمرار في الغناء. أمرتني أن أغمض عينيَّ وأكمل الأغنية.

* * *

ديسمبر ٢٠١٣

استيقظت على صوت رنة هاتفي المحمول. من يتصل بي في هذه الساعة المبكرة؟ الحادية عشرة قبل الظهر وقت يُعد باكرًا لأنني أخلد إلى النوم عادةً في السابعة صباحًا، بعد الانتهاء من كتاباتي اليومية. أحب الكتابة ليلًا، في الهدوء التام، عندما تصمت كل الأصوات المحيطة بي، ويبقى صوتي الداخلي وحده مستيقظًا، يرشدني إلى الكلمات المناسبة التي تجعل الجميع ينتظر مقالي

١١٩

الأسبوعي بفارغ الصبر. على الرغم من أن الكتابة الأدبية تأسر قلبي، فإن حماس الصحافة والمنافسة فيها يضخان الأدرينالين داخل جسمي، ويساعداني على الشعور بالإنجاز، لهذا لم أهجر الصحافة، ولكنني حجمت مشاركاتي فيها، التي صارت تقتصر على إجراء اللقاءات الصحفية مع شخصيات عامة.

لم يكن الرقم مسجلًا لديَّ. تخلصت من حشرجة صوتي النائم وأجبت. فليبارك الله هذا اليوم السعيد جدًّا! أخبرني المتصل أنني نلت الموافقة على طلبي لإجراء لقاء صحفي مع شخص هو من أهم قامات الإعلام في الوطن العربي. وأبلغني المتصل، الذي يعمل مساعدًا له، بمكان الموعد وزمانه.

لم يسبق لهذا الإعلامي أن تحدث إلى أي وسيلة من وسائل الإعلام قَطُّ، ولا بد أن لديه كثيرًا ليحكيه. اتصلت بالمجلة التي أنشر فيها معظم كتاباتي، وسألت مدير التحرير إن كان مهتمًّا بنشر هذا الحوار، فاستقبل طلبي بمنتهى الحماس، وأخبرني أن هذا الحوار سيكون موضوع غلاف المجلة للأسبوع المقبل.

حدد لي المساعد موعد الحوار في التاسعة من صباح اليوم التالي، وهو موعد قاتل لكائن ليلي مثلي، ولكني لم أمتلك رفاهية تغيير الموعد. لن أخلد إلى النوم إذن، سأسهر على كتاباتي حتى السابعة صباحًا مثل كل يوم، وسأؤجل النوم إلى ما بعد الانتهاء من الحوار.

انتهيت من الكتابة في الثامنة إلا ربعًا صباحًا، والرغبة في النوم تلح عليَّ أكثر من أي وقت. ذهبت إلى المطبخ لأعد كوبًا كبيرًا من

القهوة، وارتشفته على مهل على أمل أن ينقضي الوقت المتبقي، وأتبعته بدُش بارد ساعد في إفاقتي.

استقبلني المساعد على الباب وأدخلني غرفة المكتب، ثم جاء بفنجانين من القهوة، وأخبرني أن الإعلامي في الطريق وسيصل خلال دقائق. جلست أتأمل الشهادات التي غطت جدران مكتبه، وصوره مبتسمًا وفخورًا مع رؤساء العالم. عند آخر رشفة من فنجاني فُتح الباب ودخل الإعلامي وهو يتحدث عبر هاتفه المحمول. قمت من مقعدي، إلا أنه أشار إليَّ بالجلوس واستمر في مكالمته. جلس إلى مكتبه، وتابعت تفحص لوحات الحائط. وفي لحظة اختلست النظر إليه، فوجدته ينظر إليَّ وهو يبتسم. ابتسمت بدوري.

فرغ أخيرًا من مكالمته، وقام من مجلسه وتوجه إليَّ بابتسامة عريضة. مد يده بالسلام، وأعرب عن سعادته لهذه المقابلة، وظل ممسكًا بيدي لفترة، قبل أن أسحبها في هدوء.

سألته في حماس:

ـ هل نبدأ الآن؟

أجاب بابتسامة هادئة:

ـ فقط اسمحي لي بشرب فنجان قهوتي أولًا، ثم نبدأ على الفور.

جلس بجانبي على الأريكة الجلدية بنية اللون، وتناول فنجان القهوة، وأخذ يحدثني ويطرح عليَّ بعض الأسئلة: «كيف بدأتِ في العمل بالصحافة؟»، «تبدين صغيرة السن، في عمر ابنتي ربما!»، «أقرأ كتاباتك، إنها تتسم بالجرأة والشجاعة»، «لماذا لم تفكري في تقديم البرامج؟». ثم أخذ يحكي لي حكاياته مع مختلف الأشخاص

الذين زينت صورهم معه حائط المكتب. كان يغمزني في فخذي بين الحين والآخر، وهو يشير إلى إحدى الصور التي يتحدث عنها. كنت مرهَقة، وغير متحمسة لإضاعة وقت أكثر، وبدأ شعور ما بعدم الارتياح يتسرب إليَّ ببطء. تجاهلت تعمده للمسي في ذراعي وفي ساقي أكثر من مرة. ربما أنا حساسة بسبب قلة النوم؟ لا أعلم، ولكن ما أعرفه أنني أريد الانتهاء من هذا الحوار بأسرع ما يمكن.

طلبت منه أن نباشر الحوار الصحفي.

قال مازحًا:

ـ شكلك بتحبي الاستعجال في كل حاجة.

ابتسمت ولم أرد. بدأت في تشغيل المسجل الصوتي، وطرحت السؤال الأول.

استمررت في طرح الأسئلة. كنا عند السؤال الخامس ربما حين وجدته صمت فجأة ولم يرد.

قلت ضاحكة:

ـ السؤال صعب ولا إيه؟ ده أنا لسه مادخلتش في التقيل!

أجاب بابتسامة:

ـ الحقيقة عينيكِ هي اللي صعبة. مش عارف أركز بسببها.

بدأت أسمع دقات قلبي تتسارع، وصوتها يتعالى ويثقب طبلة أذني. وقفَت الكلمات في حلقي. بعد برهة، ابتسمت ورددت السؤال الخامس. أجاب هذه المرة.

انتهيت من الحوار وبدأت في لمِّ أوراقي، ووضعتها مع مسجل الصوت في حقيبة يدي. اقترب مني الإعلامي مرة أخرى ممسكًا

بالكارت الشخصي الخاص به، ثم أخذ القلم من يدي ومرر يده عليها في هدوء، ثم كتب شيئًا على ظهر الكارت.

قال وهو ينظر إليَّ:

ـ ده عنوان بيتي ونمرتي الشخصية. كلميني أي وقت وتعالي نشرب حاجة ونكمل كلامنا بعيد عن دوشة المكتب والشغل.

ثم وضع الكارت في جيب القميص الأسود الذي كنت أرتديه، وربت على الكارت.

هل هذا يحدث فعلًا؟ هل وضع يده على جيب قميصي فعلًا؟ أو بالأحرى على صدري؟

أخذت حقيبة يدي وخرجت سريعًا من المكتب. قابلني مساعده وسألني إذا كان الحوار ممتعًا. لم أرد إلا بنصف ابتسامة، قبل أن أركض إلى السلم أو هكذا ظننت. في الواقع لم أركض، بل كانت خطواتي بطيئة جدًّا.

مشيت تحت مطر خفيف نحو سيارتي، واستقررت على مقعد القيادة، وانطلقت. شيئًا فشيئًا اشتد المطر، وتسارعت المساحات في إزاحة المياه من على زجاج السيارة، وكلما انهمر المطر تدفقت دموعي.

تمثلت كل أفكاري في لوم نفسي: كيف تسمرتُ في مكاني؟ لماذا لم أنزل بيدي على وجهه؟ لماذا استمررت في هذه المقابلة منذ اللحظة الأولى التي لامس فيها يدي ولم أعد أشعر بالارتياح؟ لماذا لم أخبر مساعده بالأمر؟ هل تساهلي معه في أول المقابلة هو ما أدى إلى ما حدث؟ هل أشرت إليه ضمنيًّا بالضوء الأخضر كي

يستمر في ما فعله؟ هل فهم سكوتي على أنه موافقة غير مباشرة على الاستمرار؟

ظلت الأسئلة تتقافز في ذهني بلا هوادة، والدموع تغمر وجهي، حتى وصلت أخيرًا إلى سريري. نمت كما لم أنَم من قبل، نمت على أمل أن أستيقظ لأجد أن ما حدث كان مجرد كابوس.

استيقظت في السابعة من صباح اليوم التالي، مع الشعور بأنني كنت في غيبوبة. ما كل هذا النوم؟ جلست على السرير ببطء، ووجدتني في ملابس اليوم السابق نفسها، في القميص الأسود نفسه. رقد الكارت الخاص بالإعلامي بجانبي، وقد وقع من جيب قميصي في أثناء النوم. رأيت خطه على الكارت. ما حدث لم يكن كابوسًا إذن، بل حقيقة.

مرت أيام، وكنت أشعر بأن قطعة من روحي قد سقطت في الطريق من هذا اللقاء إلى المنزل، وأن شيئًا ما انطفأ بداخلي، أشعر بثقل في قلبي كما لو أنه على وشك السقوط. ثم تلقيت مكالمة من مدير تحرير المجلة، واتفقنا على المقابلة في مكتبه.

ذهبت في الموعد المحدد واستقبلني بحماس منقطع النظير، ثم سألني عن الحوار الذي أجريته. كانت تربطني بعادل علاقة صداقة أيضًا، نظرًا إلى سنوات التعامل بيننا في مجال الصحافة.

حكيت له ما حدث بكلمات لها طعم السم في حلقي. تنهد عادل تنهيدة حارة بعد انتهائي من الحديث، وعبَّر عن تأسفه، ثم طلب لي القهوة كما أحبها. سألني:

ـ ماذا ستفعلين؟

أجبت متسائلة:

ـ لا أعلم. هل أبلغ عنه؟

أجابني في انفعال:

ـ أعلم أنكِ منفعلة ومتأثرة بما حدث، وهو فظيع بكل ما تحمله الكلمة من معنى، ولكن تذكري مَن هو هذا الشخص: إنه الإعلامي الأكثر شهرة على الإطلاق في الوطن العربي. ستكون كلمتك بمواجهة كلمته، وعلى الأرجح كلمته ستكسب بسبب علاقاته ومؤيديه. لن تنالي إلا السباب والشتائم والاتهامات، التي ستنهال عليكِ من كل حدب وصوب، وسينتهي بكِ الأمر ظالمة ولستِ مظلومة.

سألته باستغراب واستنكار:

ـ هل تطلب مني السكوت؟

رد عادل بجدية:

ـ نعم، خوفًا عليكِ من عواقب الحديث. لن يتضرر أي شخص غيرك، كل أحاديثك عن حقوق المرأة وسوء المجتمع لن تنجح في حمايتك من الناس، بل ستتضرر مسيرتك المهنية وسوف يخشى الجميع مقابلتك أو إجراء حوارات صحفية معكِ. أنتِ معكِ الآن حوار حصري له، على الأقل اخرجي من هذا الموقف الأليم بانتصار ولو بسيط بحقك في نشر هذه المقابلة الحصرية، واختلاس النجاح من خلال الألم الذي سببه لكِ.

قلت له بعنف:

ـ كل ما يهمك هو السبق الصحفي ليس إلا!

أجاب قائلًا:

ـ إذا كنتِ ببساطة تريدين اختصار سنوات عملنا معًا في رغبتي في السبق الصحفي فهذا غير حقيقي. وحتى أريحك، لا أريد هذا الحوار، سألغيه من العدد القادم!

عدت إلى المنزل تائهة. جلست ليلًا أحاول الكتابة وفشلت. أخرجت مسجل الصوت واستمعت إلى الحوار، ثم كتبته، وأرسلته إلى بريد عادل الإلكتروني، وطلبت منه نشر الحوار في عدده المقبل لكن من دون اسمي. أخبرته أنني أرسل الحوار احترامًا لسنوات عملنا معًا فقط لا غير.

لم أجد الحوار في العدد الأسبوعي التالي من المجلة، ولم يجِب عادل على رسالتي.

مر عام كامل، وكدت أنسى الحادثة، غير أنها تركت أثرًا ما فيَّ لم يختفِ. في ذلك اليوم وجدت رسالة على هاتفي. كانت من عادل، يقول لي فيها أن أفتح التلفزيون على قناة معينة، ففعلت. كان البرنامج اليومي للإعلامي المخضرم، ولكن من يقدمه تلك الليلة شخص مختلف.

أرسلت لعادل:

ـ ماذا يحدث؟

ـ انتشرت ادعاءات كثيرة بالتحرش الجنسي ضده، من العاملات بالقناة وغيرهن، ما أدى إلى وقفه إلى حين انتهاء التحقيقات الداخلية بالقناة. هل تريدين الإدلاء بأقوالك؟ أعني فيما بدر منه تجاهك سابقًا؟

ـ لا أستطيع التحدث الآن في الأمر بعد انتهائه. الصمت وقتها أصابني

بشعور لم أختبره من قبل، الشعور بخذلان نفسي. أن يخذلك أحدهم فهذا متوقع، لكن أن تخذل نفسك... ليتني أستطيع أن أصف لك الشعور، ولكن الكلمات تخذلني في شرح ما تسببت به هذه الحادثة في نفسي. السكوت عما حدث كان الضربة التي قضت عليَّ تمامًا. لا أريدك أن تشعر بالأسف أو بالذنب لأنك طلبت مني الصمت وقتها. منذ متى أفعل ما يمليه عليَّ غيري؟ لماذا رضختُ لكلامك ونصيحتك؟ الخوف. أنا التي كنت أظنني شجاعة، أرفع صوتي عاليًا، أنتقد الفساد والسياسات والمجتمع ومعاملاته، إلخ. أداء مسرحي رخيص فشلت في تمثيله عندما سنحت لي الفرصة الحقيقية الأولى أمام الكاميرا. جبنت وتراجعت. كنت أفكر في أنني، بصمتي، سأحمي نفسي من خسارة كل شيء، ولكني، في النهاية، كسبت كل شيء إلا الأهم: نفسي!

الرسالة الخامسة

عزيزتي سلمى،
وحشتيني!
انتهيت للتو من جلسة اليوجا، هل تصدقين؟ ميرنا واليوجا لا تجتمعان أليس كذلك؟ أنا المنطقية، العقلانية، أصدق أفكار الطاقة و«الشاكرا» والتأمل. إنه شيء مثير للاهتمام، كيف يتغير الشخص كليًّا مع مرور السنوات. تجري الآن ذكريات طفولتي ومراهقتي أمام عينيَّ كشريط سينمائي، كأني أشاهد شخصًا مختلفًا تمامًا، مع تطابق الملامح فقط. خفتت رسائلنا ومقابلاتنا تمامًا منذ أكثر من عشر سنوات. أتابع أخبارك بين الحين والآخر في صمت، ازداد وزنك بشكل جعلكِ أجمل، تمامًا مثل روحك التي اعتدتها في سنوات مراهقتنا. أشعر بأنني أدين لكِ باعتذار، اعتذار فات أوانه كثيرًا، ولكن صدقيني ـ وأنتِ كنتِ دائمًا تصدقينني فيما أقوله لكِ ـ لم أكن أستطيع أن أخبرك وقتها عن سر

١٢٧

اختفائي الفجائي من حياتك. كنت أنا أقرب الصديقات إليكِ، وكنتِ دائمًا خير صديقة وخير سند لي. ابتعادي عنكِ آلمني جدًّا، أكثر مما تتخيلين، لم يستطِع أحد أن يملأ فراغ مكانك. ما زلت أحتفظ بسلسلة صداقتنا التي ابتعتِها لنا من خان الخليلي وتقاسمناها معًا. فقدان الصديق أكثر إيلامًا من فقدان الحبيب.

لا تتململي، أرجوكِ، من طول رسالتي. أعلم أن طبعك أصبح أكثر ضيقًا، خاصة بعد مجيء طفلك الصغير إلى حياتك. اسمه «آدم»، أليس كذلك؟ ألم أقل لكِ إنني أتابع أخبارك دائمًا؟

ما زلتُ أحب عمرو دياب وأتذكرك كلما استمعت إليه. هل تذكرين ألبوم «الليلة دي»؟ على الأرجح لا تتذكرينه. صدر هذا الألبوم عام ٢٠٠٨، تحديدًا في شهر يوليو. كنا انتهينا من المدرسة والامتحانات، ولم نعد نتواصل إلا عبر الهاتف المنزلي. في يوم شديد الحرارة من ذلك الشهر ـ وأذكر أنه كان يوم جمعة، لأنني أتذكر الهدوء الذي خيم على بيت جدتي، والذي تعالى فيه صوت الشيخ عبر الراديو يتلو آيات من سورة الكهف ـ كنت في غرفتي، غارقة في القراءة كالعادة، عندما رن جرس الهاتف، ثم سمعت صوت أمي تخبرني أنكِ المتصلة. لم نكن قد التقينا منذ بداية الإجازة، فعائلتك ترفض دائمًا السماح لكِ بالخروج من المنزل. أذكر المرات التي ألححت فيها عليكِ بالطلب أن تأتي معي إلى النادي، وكان الرفض هو إجابتهم المحبطة المعتادة.

تعالت ضحكاتنا عبر الهاتف، مع مزاحك الذي اعتدته، ثم طلبتِ مني القدوم إلى منزلك لنقضي بعض الوقت معًا. كان هذا العرض مغريًا جدًّا، لأنكِ تمتلكين كومبيوتر متصلًا بالإنترنت، وأخبرتِني أنكِ استطعتِ الحصول على النسخة المسربة من ألبوم عمرو دياب الجديد.

كانت مسألة إقناع والدتي بالسماح لي بالخروج من المنزل شاقة جدًّا،

فقاعدتها الذهبية هي أنه لا يجوز للفتاة المهذبة أن تخرج من المنزل يومين متتاليين، وكنت قد قضيتُ اليوم السابق كله في النادي. غلبتُها في المناقشة بقولي إنني تقنيًا لن أخرج من المنزل، بل سأنتقل من منزلي إلى منزلكِ، وهذا لا يُعَد خروجًا. اقتنعت في النهاية وأقلتني إلى منزلك.

استقبلتني والدتك استقبالًا حارًا، وقالت لي إنكِ ستأتين حالًا. خرجت والدتك وسمعت خطوات أخرى، والدك هذه المرة. كنت قد التقيته أكثر من مرة وهو في انتظار خروجك من المدرسة. ألقيت التحية عليه، وكان أيضًا استقباله حارًا، واحتضنني بشدة، ما أثار دهشتي لأن علاقتنا لم تتعدَّ يومًا السلام التلقائي عند باب المدرسة. ما زلت أتذكر رائحته حتى اليوم، معطر رجالي قوي مختلط بدخان سجائر ورائحة نفاذة هبت من فمه مع حديثه معي. كان عمو لديه حس الفكاهة مثلك، وأخذ يلقي النكات، وكلما ضحكتُ كان يمسك برأسي ليدفسها في حضنه وهو يضحك. لذيذ عمو، ليت كل الآباء مثله. لكن ما أثار حيرتي كان سبب رفضه الدائم لخروجك من المنزل، على الرغم من لطفه وخفته هذه.

ظهرتِ أخيرًا، ودخلنا غرفة المكتب التي بها الكمبيوتر ذو الإنترنت. ما زلت أذكر تفاصيل منزلك، كان واسعًا جدًا ولكنه غريب، كما لو أنه مقر شركة مات موظفوها. حجرة المكتب في آخر الشقة وتبعد كثيرًا عن مجلس والديكِ، ما أعطانا حرية أكثر في جلستنا. الغرفة خالية تمامًا من أي شيء إلا من مكتب خشبي قديم وُضع عليه الحاسب الآلي، وأمامه كرسيان خشبيان مثل كراسي القهوة البلدي، وانتشرت الأسلاك في كل مكان، في حين حاولت سجادة بالية، على استحياء، إخفاء ما يمكن إخفاؤه من الأرضية غير المتناسقة. لا يهم المكان أو الزمان بل الصحبة!

أخذنا نضحك ونسترجع بعض المواقف الطريفة من المدرسة، وكنا

قلقتين من ظهور نتيجة الامتحانات. تصفحنا الإنترنت ثم جاء موعد الاستماع إلى النسخة المسربة من ألبوم عمرو دياب الجديد.

استمعنا إلى الأغنية الأولى، وكانت حلوة جدًّا! قررنا أن نستمع إلى كل أغنية مرتين لنحفظ الكلمات، وفي منتصف الدورة الثانية للأغنية نفسها، نادتك والدتك فخرجتِ من غرفة المكتب. لم أكن أريد أن أستمع إلى الأغنية وحدي، فأوقفتها إلى حين رجوعك، إلا أن الكمبيوتر تجمَّد لسبب ما، «هنِّج» بمعنى أصح. أمسكت بـ«الماوس» وحاولت التصرف، ثم سمعت وقع أقدام تقترب من الغرفة. لم تكن لكِ بل لأبيكِ.

فتح الباب ورآني مرتبكة أمام شاشة الكمبيوتر طبعًا. سألني أين أنتِ ولماذا تركِتِني وحدي، أخبرته أن طنط نادتك. ما زلت مرتبكة أمام الكمبيوتر الذي لم أكن أريد أن أتسبب في تخريبه. سألني إذا كان كل شيء على ما يرام وتقدم إلى داخل الغرفة. أعتقد أنه شك أننا كنا نشاهد فيلمًا «مخلًّا»، لأنه أصر على الدخول على الرغم من تأكيدي أن كل شيء تمام فعلًا.

كان عمرو دياب يردد الكلمات نفسها من الأغنية، المرة تلو الأخرى، بسبب «تهنيجة» الكمبيوتر:

الليلة دي سيبيني اقول واحب فيك
الليلة دي سيبيني اقول واحب فيك
الليلة دي سيبيني اقول واحب فيك

بلا توقف.

اقترب والدك من الكمبيوتر، قلت له إنني بصدد إيقاف الأغنية إلى حين عودتك إلا أن الكمبيوتر «هنِّج» لسبب ما وفشلت في حل المشكلة. كنت في قمة الخجل والارتباك. حاولتُ أن أقف حتى أعطيه مكاني على الكرسي، ولكنه شدَّ على كتفيَّ وطلب مني البقاء كما أنا. وقف خلف الكرسي ومال بجسده ليستند إلى المكتب، ووضع

يده على يدي التي تمسك بـ«الماوس». حاولت إفلات يدي، لكنه قال لي:

ـ خليها، خليها، هنحل المشكلة دي مع بعض، ما تخافيش.

أذكر ترتيب كلماته حتى اليوم، ونبرة صوته، والرائحة النفاذة التي انبعثت من فمه. شعرت بحرارة جسده ملتصقة بظهري، انتابتني القشعريرة، خاصة مع رائحة عطره الكريهة والسجائر التي اختلطت بها. مال أكثر بجسده على ظهري، وشدد أكثر بيده على يدي وتحكم في «الماوس».

شعرتُ بشيء يحتك بظهري، ويتحرك عليه يمينًا ويسارًا مع حركة يد عمو على «الماوس». زاد التصاقه بي وضمه لذراعيه حولي على الكرسي.

كان كل شيء حولي يحدث على نحو بطيء، عيناي تدوران وتنظران إلى هنا وهناك، قلبي يخفق بصعوبة ولكن بصوت أعلى من صوت الأغنية. هُيئ لي وجود نور قوي للغاية يومض في اتجاهي، مثل الضوء الذي يطلقه الغارقون على أمل أن تنقذهم السفن. أردت أن أتحرك وأتخلص من قبضة يده، ولكنها كانت كلها أفعالًا لم يستطع دماغي إيصال الأمر بها إلى أطرافي.

الليلة دي سيبيني اقول واحب فيك

الليلة دي سيبيني اقول واحب فيك

ظلت هذه الكلمات تتردد، وعمو يزيد من احتكاكه بظهري أكثر وأكثر، ونفَسي يختنق، وأذناي تصفُران، ويداي تتخدران.

صدر منه صوت خافت، بدا لي كزفير عميق، ثم ارتخت يداه. كنت متسمرة، أشعر أن شيئًا غريبًا يحدث، ولكنني لا أقوى على التحرك. كنت خائفة جدًّا، من الكمبيوتر الذي خربته، ومن عمو.

ـ صلحتهولك. إوعي بقى تقولي لسلمى لاحسن تزعل.

قالها وهو يأخذ منديلين من على المكتب الخشبي ويبتعد خارجًا. شعرت

بالاختناق. لم أكن في السادسة من عمري حتى لا أفهم ماذا حدث. أدرك جيدًا ما حدث، ولكني لا أصدق أنه حدث. لم تكُن كلمة «تحرش» قد ظهرت في معجم عقلي وقتها، ولكنني كنت أعلم أن ما حدث يتعلق بفعل جنسي. كنت أعلم أن ما حدث ليس من المفترض أن يحدث. كنت أعلم أن عمو لم يكن يصلح الكمبيوتر فعلًا.

ظلت كلمات عمرو دياب تتردد، ولم تتوقف إلا عندما قررت نزع الفيشة الخاصة بالكمبيوتر. أصابتني هذه الكلمات بالهلع والدوار مع تكرارها، ومع استمرار إحساسي بحرارة جسد عمو على ظهري، على الرغم من ابتعاده.

جئتِ أخيرًا. لم يكن قد انقضى وقت طويل على اختفائك، بل ما حدث كان سريعًا للغاية. كنت أرتعش وأنا أخبرك أن عطلًا ما أصاب الكمبيوتر، ما اضطرني إلى شد الفيشة. بدأت الدموع تتجمع في عينيَّ، وانطلقت ضحكاتك عالية، وأنتِ تسألينني إذا كنت مجنونة لدرجة البكاء على «تهنيجة» كمبيوتر، وتقولين إن هذا يحدث باستمرار بسبب قِدَم الجهاز. كنت أرتجف، ونزلت الدموع على وجنتيَّ بالفعل، وبدأتُ في الاعتذار لكِ، وكنتِ تضحكين وتحتضنينني، وتطلبين مني أن أتوقف عن هذا الهبل لأن الموضوع لا يستحق.

لكن ما لم تعرفيه هو أن الموضوع كان يستحق.

لم أقوَ على إخبارك طبعًا، أو إخبار والدتي. كنت خائفة جدًّا، مرعوبة، وأشعر بأنني شريكة فيما حدث. ربما صدقتُ لوهلة كلماتك، أن الموضوع لا يستحق، ربما توهمتُ ما حدث، لكن هذه الكوابيس التي أرقتني كل ليلة من بعدها أكدت لي أنني لست واهمة.

هل تعلمين أنني ما زلت أعاني من مشكلات النوم حتى اليوم؟ لا تأتيني الكوابيس نفسها بالطبع، ولكنني أستيقظ تقريبًا كل ساعتين أو ثلاث حتى أطمئن أن ذراع عمو لا تقيدني. مع الوقت، تحول عدم انتظام النوم إلى عادة ليلية أصابتني بالصداع المزمن.

أصبحتُ أتهرب من مكالماتك، ومن مقابلاتك في وقت المدرسة. تقدمت بطلب تغيير فصلي، وتعللت بأن أمي هي السبب، ومع الوقت صارت لكل منا صديقة جديدة وحياة مختلفة، لكنني لم أنسَكِ. ولم أنسَ عمو.

بالمناسبة، لم يعجبني على الإطلاق شكل فستان زفافك!

«الشاكرا» السادسة: «الأجنيا»
«شاكرا» العين الثالثة

ساد التوتر الأجواء، وكان السؤال الذي يتردد باستمرار بين آلهة السماء هو: إلى متى سيظل الإله «شيفا» معتكفًا حزنًا على موت زوجته «ساتي»؟ مرت آلاف السنوات، وما زال «شيفا» قابعًا في حالة من التأمل، في محاولة لمداواة جرحه والتغلب على شعوره بالحسرة لوفاة زوجته التي أحبها كثيرًا. أخذ «فيشنو» و«براهما» يفكران في طريقة لجعل «شيفا» يخرج عن صمته وتأمله، والحل الوحيد الذي توصلا إليه هو إعادة خلق «ساتي» من جديد. وبالفعل، خُلقت روح «ساتي» من جديد، ولكن في شكل مختلف، هو شكل «بارافاتي».

حاولت «بارافاتي» استمالة قلب «شيفا» بالطرق كافة، ولكنها فشلت فشلًا ذريعًا في إخراج الإله من حالة الاعتكاف التي تمسك بها لآلاف السنوات. عادت «بارافاتي» إلى الآلهة وطلبت منهم أن يحاولوا التصرف لحل المشكلة. تفتق حل

آخر لدى الآلهة، وهو إرسال «كاما»، إله الرغبة، ليطلق أحد سهامه في قلب «شيفا»، فيمتلئ القلب بالرغبة تجاه «بارافاتي»، ويخرج من اعتكافه.

أطلق الإله «كاما» أحد سهامه في اتجاه «شيفا»، فظهرت فجأة عين ثالثة في جبهة «شيفا»، فاجأت إله الرغبة وأطلقت عليه نارًا حولته إلى رماد في الحال، ثم عاد «شيفا» لاعتكافه من جديد. هلعت الآلهة من احتراق «كاما»: موت الرغبة يعني موت العالم كله، فهي أساس التكاثر في البشر والحيوانات وجميع الكائنات. ترجت الآلهة «بارافاتي» أن تذهب إلى «شيفا» وتحاول إقناعه بإنهاء اعتكافه وإعادة «كاما» من جديد، لكنها رفضت وسط ذهول تام من الآلهة.

قررت «بارافاتي» أنها سوف تدخل في اعتكاف تام هي الأخرى، تتأمل وتصلي من أجل أن يخرج «شيفا» من اعتكافه ويلاحظها. كانت صلوات «بارافاتي» صادقة جدًّا، إلى حد أنها نجحت فعلًا في إخراج «شيفا» من اعتكافه، عندما شعر بقوة صلواتها ومدى تفكيرها في أثناء التأمل فيه. خرج «شيفا» من اعتكافه وسأل «بارافاتي» عن أمنيتها. قالت له إنها تتمنى أن يصبح زوجًا لها. وافق «شيفا»، وتزوج «بارافاتي»، وعاد إله الرغبة من الموت، وعادت الحياة إلى طبيعتها.

وتُحكى قصة أخرى عن أهمية عين الإله «شيفا» الثالثة، حدثت بعد زواجه من «بارافاتي». كانت «بارافاتي» تحب اللعب والمزاح، وفى يوم من الأيام تخفَّت وراء ظهر «شيفا» ووضعت

كلتا يديها على عينَي «شيفا». فجأة تحول الكون من النهار إلى الظلام الدامس. كانت عينا «شيفا» هما من تحرسان الكون كله، وعند إغلاقهما بيدَي «بارافاتي» أصبحت الأرض كالحة ومليئة بالشغب والفوضى. لكن «شيفا» فتح عينه الثالثة، التي استطاعت أن تعيد النور والنظام والخير إلى العالم.

✳ ✳ ✳

استيقظتُ اليوم في حماس شديد. أصبحت أتطلع لما ستقوم به «كيارا» معنا كل يوم. أشعر بأنها فتحت لديَّ الشهية للمعرفة وللمعلومات الجديدة. افتقدت كثيرًا هذا الشعور بالرغبة في الحياة، ولا أتذكر آخر مرة قمت فيها من سريري صباحًا في نشاط وابتسامة. بدأتُ يومي قبل المجموعة، تناولت فطوري وقررت ممارسة بعض اليوجا بمفردي، قبل أن نبدأ جلسة اليوم مع «كيارا». أعدتُ كل الوضعيات التي تعلمتها في الأسابيع الماضية، الصعبة منها والسهلة، ولم يوقفني إلا هذا الألم الذي عاد للظهور مجددًا في أسفل ظهري. استطاع إحساسي بالألم أن يحوِّل مزاجي ١٨٠ درجة. تمددت على النجيلة الخضراء في محاولة مني لإعطاء ظهري بعض الراحة. كنت أشعر بحنق شديد، بأن أحدهم ألقى عليَّ لعنة ما، لكي يقبع هذا النغز في ظهري إلى الأبد. بعد اختفائه الفترة الماضية، توهمتُ بأنني تخلصت منه أخيرًا، ولكن ها هو يعود كأنه شبح يطاردني.

افترشت الأرض ونظرت إلى السماء، وقلتُ لنفسي: «لا بأس، لا بأس، تنفسي بهدوء. أعلم أنكِ ظننتِ أنكِ تخلصتِ من هذا الألم

١٣٧

إلى الأبد، لكن ها هو يعود، ويريد أن يُفسد عليكِ بداية اليوم اللطيفة. لا داعي للهلع، ربما ضغطتِ على ظهرك كثيرًا في الفترة الماضية، خاصة مع جلسات اليوجا المكثفة مع «كيارا». قطعتِ شوطًا طويلًا، من التألم عند أي حركة ولو بسيطة إلى التألم فقط عند حركة صعبة. دقائق وسيزول هذا الألم، لا تدعيه يعكر مزاجك الجيد. تنفسي مجددًا وأخرجي ببطء، مع الزفير، كل هذه الأفكار السلبية».

قطعت «كيارا» حبل أفكاري عندما شعرتُ بها تجلس بجانبي وتمارس بعض الإطالات. تمنت لي صباحًا هادئًا وجميلًا، وسألتني إذا كنت مستعدة لجلسة اليوم.

أجبتها بلهجة ساخرة:

ـ دعيني أكون صريحة معكِ، استيقظت صباح اليوم وأنا في قمة الحماس والنشاط، ثم الآن شعرت بألم في ظهري مرة أخرى. إحساسي بهذا الألم مجددًا أثار غضبي وحنقي، وكنت أريد أن أتسلق هذا الجبل وألقي بنفسي من فوقه، لكنني أتمدد الآن كما ترين، في محاولة للسيطرة على أعصابي وأفكاري.

مرت ثوانٍ ظلت فيها «كيارا» صامتة ولم تتوقف عن ممارسة تمارين الإطالة، ثم نظرت إليَّ وقالت:

ـ قال لي صديق مرة: «هل تعلمين ما أهم علامات الشفاء النفسي؟ عندما تستطيعين التنفس بهدوء والتفكير من دون توتر في أثناء اللحظات التي كانت تسبب لكِ انهيارًا في السابق». عندما تكون جذورك ثابتة بعمق في الأرض، عندها فقط لن تستطيع أي رياح اقتلاع ورقك.

قالت لي «كيارا» أن أتبعها، وتوجهَت إلى مكان الجلسة. ظللتُ مستلقية على الأرض لثوانٍ. أسبوعان يفصلاني عن العودة إلى مصر وروتينها، آه لو استطعت فقط إيقاف عقلي عن التفكير لمدة يوم واحد! عقلي الذي لا يهدأ على الإطلاق، ويدفعني إلى الجنون كل يوم. تنهدتُ تنهيدة أنهيتها بزفير قوي، أحاول به تصفية كل هذه الأفكار من ذهني، ونهضت برفق من مرقدي حتى لا يتأثر ظهري بأي حركة عنيفة، وانضممت إلى جلسة اليوم.

شكلت مجموعتنا طابورًا على باب الغرفة، ولاحظتُ أن «كيارا» تستقبلنا هناك واحدًا تلو الآخر. جاء دوري، ابتسمَت لي «كيارا»، ثم أدخلت إبهامها في إناء كبير حملته، فيه مادة حمراء اللون، وضغطت به على منتصف جبهتي. دخلتُ الغرفة ونظرتُ إلى نفسي في المرآة، فوجدتها قد شكلت لنا جميعًا نقطة حمراء في جبهتنا مثل الهنود.

جلستُ في الصف الأخير في الحجرة، ونظرت إلى المرآة مجددًا، وإلى العلامة الحمراء في جبهتي، ثم أخذت «كيارا» تغلق ستائر الحجرة واحدة تلو الأخرى، حتى لم يتبقَّ إلا بصيص خافت من النور يتسلل إلى الغرفة. وبدأَت محاضرة اليوم:

ـ «شاكرا» العين الثالثة هي «الشاكرا» السادسة، أو «الشاكرا» قبل الأخيرة، لكنها محطتنا الأخيرة في حربنا مع أنفسنا ومع ما حولنا ومَن حولنا. في هذه «الشاكرا» نضع كل أسلحتنا جانبًا. في هذه «الشاكرا» يجب أن نعلو ونرتقي فوق كل الصراعات النفسية. بعد هذه «الشاكرا» لا نريد أن يكون الألم أو الغضب جزءًا

من تكويننا، بل مجرد إحساس نتعرض له بين الحين والآخر. لا نريد أن نندمج مع الألم والغضب ليتخذا من أجسامنا وعقولنا ملاذًا ومخبأ. لا نريدهما أن يتمكنا منا ويظلا يحركان أفعالنا. «شاكرا» اليوم قوية في معناها ومضمونها، قد تقلب حياتنا رأسًا على عقب، وتحوِّلنا. قد تدمر حيوات، وعلاقات، وصداقات ومشاعر وأحاسيس.

هل صادفكم موقف في حياتكم كنتم فيه متأكدين تمامًا مما سيحدث، وبالفعل حدث ما تخيلتموه؟ هل حدث أن سمعتم صوتًا داخليًا قويًا يقول لكم أن تفعلوا شيئًا معينًا، أو أن شيئًا خفيًا يحدث خلف ظهوركم من دون أن تروه؟ هل صادف أن قابلتم شخصًا، وحذركم منه إنذار داخلي جعلكم تسرحون بخيالكم وترون مواقف لهذا الشخص ومشاهد معينة معه، ولكن في النهاية تجاهلتم هذه الخيالات لأنها غير حقيقية؟ هذه «الشاكرا» تجعلكم تثقون بأنفسكم أكثر مما تثقون بما هو أمامكم، تجعلكم تثقون بإحساسكم، أكثر مما تثقون بالحقائق والمعطيات في حياتكم. كل ما ترونه من خيالات أو أحلام في أثناء نومكم نابع من العين الثالثة. عينا كل منكم تريان الماضي وتعيشان الحاضر، والعين الثالثة تمنحكم خفايا المستقبل.

يقع مكان العين الثالثة في منتصف الجبهة، بين الحاجبين، في المكان الذي وضعت لكم فيه النقطة الحمراء. هذه النقطة تُسمى «بيندي»، وتضعها النساء الهنديات في أيامنا هذه فقط

من أجل الزينة، والدلالة على وجود زوج في حياتهن، ولكن بالرجوع إلى تاريخ الثقافة الهندية، فإن العين الثالثة لها دلالة مهمة: هي تمثل غريزتنا، وتجعلنا نرى ما لا يُرى، ونسمع ما لا يُسمع، ونعرف ما لا يُعرف. العين الثالثة، أو نقطة منتصف الجبهة، ترمز إلى نقطة صغيرة داخل الدماغ البشري تُسمى «الغدة الصنوبرية». حيرت هذه الغدة العلماء، وقد قال عنها «ديكارت» إنها مقعد الروح. هذه الغدة في حجم البازلاء، وتقع بين الفصين الأيمن والأيسر من الدماغ، ومهمتها ليست مفهومة على نحو كامل حتى الآن. تشبه العين البشرية إلى حد كبير، لدرجة أن بعض النظريات توهم أن الإنسان قبل التطور كانت له ثلاث أعين وهذه هي العين الضامرة. ولكن ما تأكد منه العلماء هو مسؤوليتها في إنتاج بعض الهرمونات وتنظيمها، مثل الميلاتونين المنظِّم لساعتنا البيولوجية المرتبطة بأوقات الاستيقاظ والنوم. يُفرَز الميلاتونين في أثناء الليل في الظلام، ويقل مخزونه حتى يكاد يختفي مع أي ضوء للشمس. هذه الغدة مسؤولة عن تنظيم الوقت والحالة الجنسية، وهي أيضًا مسؤولة عن الحالات النفسية المتغيرة، وغيرها من الأمراض الحساسة ذات التأثير العميق في حياة الإنسان.

بالعودة إلى «الشاكرا» السادسة، أو الحاسة السادسة، هذه «الشاكرا» متمثلة في شكل وردة، وتقع بداخلها «هاكيني شاكتي»، النسخة الأنثوية لـ«شيفا» في المعتقد الهندوسي، وهذه قصة طويلة لا داعي لذكرها الآن. لـ«هاكيني شاكتي» ستة وجوه،

تمثل ستة تغيرات يمر بها كل مخلوق على وجه الأرض: الولادة، الوجود، النمو، التحول، التدهور، الاختفاء.

وتمثل أيضًا العيوب البشرية الستة: الجوع، العطش، الحزن، التوهم، العَجَز، الموت.

وتمثل الأعداء الستة التي تحارب كل شخص على كوكب الأرض: الشغف، الغضب، الجشع، التعلق، الكبرياء، الحسد.

كل هذه الصفات أو العيوب أو الحقائق التي ذكرتها هي التحديات الحقيقية لأي كائن بشري. لا يمكن التخلص من كل ما سبق إلا عند الموت، لذلك يمضي الإنسان وقته في معارك دائمة مع الحياة. حتى من يتأمل ويمارس اليوجا باستمرار، ويسعى إلى تحسين نفسه كل يوم، يتعرض هو أيضًا إلى تحديات مع ما ذكرناه، وهذه هي الحياة. لذلك اعتبر بعض الديانات أن الجنة تتمثل في عالم طبيعي ولكن من دون هذه الصفات أو المحركات، ما سيضفي نوعًا من راحة البال والاطمئنان على الإنسان في العالم الآخر، وهذا حلم كل إنسان: أن نحظى بقليل من راحة العقل والبال والشعور.

عند فك عقدة هذه «الشاكرا» وإعادة التوازن إليها، سترى كل الأمور من زاوية جديدة، مختلفة، ستصير لديك قدرة عجيبة على الصبر والتحمل عن طيب خاطر، وستتفهم أن دورك أعظم من مجرد إشباع رغباتك وشهواتك. ستتضاءل رغبتك في الثروة والاهتمام والشهرة والحب. هذه «الشاكرا» تعمل على أفضل ما في حياتك: نفسك. هي الجسر بينك وبين اللمسة الإلهية

المقدسة، لتخلق نورًا داخلك يؤهلك للمرحلة الأخيرة من هذه الرحلة.

التأمل والعمل على هذه «الشاكرا» سيحسنان نخاع العظم في جسمك. قد تختفي تمامًا كل أوجاعك المرتبطة بالعظام عن طريق هذه «الشاكرا»، التي تساعدنا أيضًا على تنظيم جودة النوم، والتغلب على اضطرابات القلق وعاصفة الأفكار التي تجتاح عقولنا ليلًا.

واجبي يحتم عليَّ أن أخبركم أن العمل على هذه «الشاكرا» مرهق جدًّا، بدنيًّا ونفسيًّا. أعلم أنني طلبت منكم الكتابة عن مشاعركم بعد كل جلسة، لكن بالنسبة إلى هذه «الشاكرا»، سأطلب منكم الكتابة عن مشاعركم غدًا بعد الاستيقاظ من النوم العميق الذي ستغرقون فيه الليلة.

الآن فلنقف ونستعد لوضعية «الأوتاسانا».

قف وقفة طبيعية مع ضم قدميك بعضهما إلى بعض، ثم انزل بجذعك وظهرك مع الحفاظ على استقامة كلتا الساقين، حتى يلامس وجهك ركبتيك. قد يواجه عديد منكم صعوبة في ملامسة الوجه للركبة، ولكن تكفي المحاولة. هذه الوضعية تتيح تدفق الدم إلى الدماغ، خاصة في منطقة العين الثالثة.

أغمضوا أعينكم. ضعوا كل تركيزكم على النقطة الحمراء التي وضعتها على جبهتكم. ورددوا معي:
أفتح عينيَّ على الحقيقة
أفتح عينيَّ على ما هو أمامي ولا أراه

أعرف الحقيقة
أعرف ما وراء الستار، ما يخفيه
أدعو التحول المقدس بداخلي أن يرشدني
أنا مستعد لأن يرشدني إلى ما لا أعرفه، وأعِد بتحمله

* * *

شد وجذب بيني، أنا الطفلة، وأمي التي أصدرت فرمانًا يعلن ابتداء دروس السباحة من الغد. أكره الماء وأخافه كثيرًا، هذا بالإضافة إلى انطوائيتي وكرهي الاختلاط بالأغراب. كل ما أريده هو الجلوس في سريري الدافئ المريح، أو في حضن والدتي. ربما هذا هو السبب وراء قرار أمي؛ سمعتها أكثر من مرة تتحدث مع خالاتي عن حالتي، وعن صمتي، وهروبي إلى القراءة، ودموعي الدائمة في الصباح عند استيقاظي للذهاب إلى المدرسة. أشارت عليها إحدى صديقاتها أن الرياضة هي الحل، ودونًا عن كل الألعاب اختارت أمي السباحة.

كان الجو باردًا شتويًا يقشعر له البدن في اليوم الأول من تمرين السباحة. الأطفال كثيرون، وأصواتهم العالية والصاخبة اختلطت بين البكاء والحماس، فلم أستطِع تمييز من هو مثلي، كاره لما سنبدأه. أردت أن أجهش بالبكاء.

كان المدرب ضخمًا وسمينًا، وتخيلت بيني وبين نفسي شكل كرشه المنتفخة وهو يطفو فوق الماء وأفلتت مني ضحكة، أعقبتها نظرة صارمة منه جعلتني أنكمش خائفة. كنت أنظر خلفي بين الحين والآخر لأجد والدتي تصفق وتشير لي وتحمسني.

مر اليوم الأول على خير، على الرغم من كرهي لإحساس البلل،

وفي النهاية، ابتسامة أمي واحتضانها لي بفخر عند انتهائي من التمرين جعلا ما مررت به هينًا.

توالت الأيام والتدريبات، ولكنني كنت الأبطأ في التعلم، وأكثر الأطفال في مجموعتي فشلًا. كل الأطفال تخلصوا من «بورد» السباحة وصاروا يعومون في حمّام السباحة من دونه، إلا أنا. أسرح بخيالي في أثناء التدريب للهروب من الواقع، أشاهد الأطفال يسبحون من حولي وأتذكر سمك البساريا الذي تحبه أمي ونذهب إلى المكس خصوصًا لنبتاعه.

من المؤكد أن المدرب كان يكرهني. حاول بشتى الطرق، سواء اللطيفة أو القاسية، أن يشجعني على السباحة من دون أي عوامل مساعدة خارجية، ولكن هباء. اشتكى لوالدتي كثيرًا مني ومن الخوف الذي يشلني في أثناء وجودي في الماء.

أنا أخاف الماء يا عالم! أنا أخاف الماء يا أمي! أليس هذا سببًا كافيًا لنقصي تدريب السباحة من حياتنا؟ لماذا كل هذا الإصرار؟ أعدكِ بأنني سأتحدث أكثر مع الغرباء، وسأندمج أكثر في مدرستي، وسأتبادل النكات مع عائلتي. أعدكِ بأنني سأتخلص من الصمت، وسأبتعد قدر الإمكان عن أكثر الأماكن أمنًا ودفئًا وهو حضنك، ولكن لا تجعليني أعود إلى هنا مرة أخرى.

إحساس قوي بداخلي يخبرني أن هذا التدريب سيتحول إلى مأساة. قلت لأمي إنني سأموت بالتأكيد في مرة من المرات، ولكنها ضحكت عاليًا وطلبت مني الكف عن الشكوى والخوف.

حل اليوم الأسود عندما قرر أبي حضور تدريب السباحة. كان

أبي يحب المنافسة، ويضعني دائمًا في هذه الحالة، كأنني الجواد الخاص به الذي لا بد من أن يفوز بجميع السباقات. وضعني أبي في صراع دائم مع كل المحيطين بي: لا بد أن أتفوق على الجميع، على أبناء أعمامي، وعلى أبناء أصدقائه، وحتى على أبناء المعارف الذين لم نقابلهم في حياتنا إلا مرة. كلما دفعني إلى التفوق على أحدهم، شعرت بتضاؤلي أكثر فأكثر.

انتقل تدريبنا اليوم إلى حمَّام السباحة العميق، ووقفنا صفًّا، وطلب منا المدرب أن نقفز في الماء. قفز الجميع إلا أنا. طلبت منه «البورد» الخاص بي حتى أقفز. رفض وأمرني صارخًا فيَّ أن أقفز. رفضتُ رفضًا تامًّا، واغرورقت عيناي بالدموع. هذا خبل وجنون بكل تأكيد، هذا طلب للموت، وأنا لا أريد أن أموت. رفضت الانصياع لأمر المدرب، وركضت تجاه أمي التي احتضنتني وطلبت مني الهدوء، وسط ضحكات الأطفال في حمَّام السباحة.

انتزعني أبي من ذراعي والدتي، وطلب مني بلهجة عالية، آمرة، أن أقفز في حمَّام السباحة. رفضت وسط دموعي، وتشنجاتي التي سببها الخوف. رأيت وجه أبي يحمر من الغضب، وصرخ فيَّ أن أقفز، وازدادت ضحكات الأطفال وأوامر المدرب.

خرج المدرب من الماء وقال لي إنه سيعطيني «البورد» إذا كان هذا ما يريحني، لكن شيئًا ما بداخلي شعر بعدم الراحة. ذهبت مع المدرب إلى حافة حمَّام السباحة، وكان يمسك بـ«البورد»، ووقفت أنظر إلى الماء وأنظر إليه في انتظار أن يعطيني «البورد» الخاص بي لأقفز وأنهي غضب والدي وإحباط والدتي. نظر إليَّ المدرب نظرة

عرفت معناها من دون حاجة إلى الكلام، نظرة اختلطت بصراخي وهو يدفع بي دفعًا إلى الماء، من دون «بورد».

دفعني الأحمق ذو الكرش الكبيرة إلى الماء العميق جدًّا. ارتطم جسمي بالماء، ونزلت في الماء عميقًا وتوقف الوقت للحظات. أغمضت عينيَّ وأنا غير مصدقة ما يحدث، وقلبي يرتطم بقفصي الصدري من الرعب والفزع والمفاجأة، كما لو أن زلزالًا عنيفًا يكاد يشقني إلى نصفين. كنت أعلم أن هذا سيحدث ولكنني، للحظات، وثقت بالمدرب وعوده أكثر من ثقتي بإحساسي بنواياه الخبيثة. أشعر بالماء يتدفق إلى أنفي وفمي، ويداي تحاولان التشبث باللاشيء من حولي، وساقاي تقاومان وتحاولان الهروب ولكن بلا فائدة. رأيت للحظات، وأنا تحت الماء، ما لم ألاحظه قبل هذه الدفعة الغبية من المدرب: عندما اقترب المدرب من أبي، غمزه غمزة بسيطة. كان أبي متواطئًا فيما حدث ولم يمنعه.

ربما بدت هذه الذكرى للجميع مجرد خوف سخيف طفولي، ولكنها كانت أكبر من ذلك، وظلت عائقًا لسنوات طويلة بيني وبين الماء. كرهت الماء، في البحر أو في حمَّام سباحة. مثَّل الصيف جحيمًا لي لأننا سنذهب إلى البحر، وصرت أواجه كل محاولات عائلتي لحثِي على نزول البحر بصراخ عالٍ. عرفت أن الصراخ سلاحي، الصراخ سيُربكهم، سيجذب انتباه مَن حولنا، ما سيسبب الحرج للعائلة، وعندها سيضطرون إلى التغاضي عن هذه المحاولات. لم أكسر هذا الخوف إلا في منتصف العشرينيات تقريبًا. حتى تلك السن، كلما نزلت الماء أو اقتربت منه كنت أشعر مجددًا بصعوبة التنفس نفسها التي شعرت

بها الطفلة وهي تغرق في حمَّام السباحة. كنت أنظر خلفي دائمًا وأنا أقف عند المياه، أخاف أن يدفعني أحدهم مثلما دفعني المدرب.

علمني هذا الموقف على نحو غير مباشر أن أثق بحدسي وغريزتي مهما كلفني الأمر. لم تعُد كلمات الأشخاص ووعودهم تستميلني، كل ما أصدقه هو شعوري، الذي سرت وراءه وذهب بي إلى أبعد الأماكن.

على الرغم من ذلك لم أترك صوتي الداخلي يتحكم فيَّ. مع الوقت، تعلمت أن أوازن بين تعريفي للخوف ورسائل غريزتي لي المنذرة بالخطر الحقيقي، سواء من مواقف أو أشخاص.

إيماني بهذا الحدس حولني لاحقًا إلى شعلة من الطاقة. كنت كالقطار أسير بسرعة في اتجاه أحلامي وأهدافي. تحكمت في مجريات حياتي من خلال قيادة هذا الحدس، وعلمت من أين تؤكل الكتف. كان هذا في بدايات حياتي العملية، كنت واثقة جدًّا بنفسي، وأشعر بأنني جبل يسير على قدمين، لا أهاب شيئًا أو شخصًا. أفزعت ثقتي كثيرين من حولي، ولم تتزعزع بسهولة. آمنت بكل ذرة وكل حاسة داخل جسمي، ونجحت تمامًا في قراءة خريطة أفكاري ورغباتي وأحلامي. امتلكت القوة لأقول «لا» من دون أي إحساس بالذنب، والقوة للتعبير عما أريده وتغيير ما لا يعجبني وإعادة تشكيله كما أحب.

لكن شيئًا ما تغير مع الوقت، شيء فيَّ تضاءل وانكمش مع مرور الأيام. لا أستطيع أن أضع إصبعي على تلك النقطة الفاصلة في حياتي، التي أصبحتُ من بعدها أخاف كل شيء وأي شيء، أخاف

من نفسي وممن حولي، أخاف من قراراتي وأشكك فيها. لا أستطيع أن أحدد موقفًا بعينه جعلني ما أنا عليه الآن، وهذا في حد ذاته أمر محير لدرجة الجنون. هل يحدث هذا الشعور تدريجيًّا؟ أم فجأة، بين ليلة وضحاها؟

تتذكر اللحظات التي كنتَ فيها متأكدًا جدًّا وتشعر بها بكل خلية من خلاياك، ثم تنظر حولك الآن في هلع. كيف تحولت الأمور؟ كيف تغير شعورك تجاه نفسك؟ ثم تبدأ في التشكيك في صمود أحاسيسك في وجه الأيام.

ربما زاد خوفي من الأشياء عندما زاد خوفي عليها، ربما تعاظم شكِّي في نفسي مع تعاظم قدراتي، ربما تزايد الشعور بالانكماش عندما اختبأتُ في كيانات أخرى غير نفسي ـ سواء حبيب أو عمل أو صديق ـ وأصبحَت هذه الكيانات هي التي تعرِّف بي ولست أنا من أعرِّف بها. ذاب الكل في الجزء، وتحول الآمر إلى منصاع.

ظلت انتفاضاتي الصغيرة، التي حاولت بها أن أعود إلى مقعد القيادة، ضعيفة وخفيفة، ولم تصمد أمام الطريق الطويل الذي كنت أسير فيه.

ربما كان الحدث الأغرب توقف الأحلام. صرت أنام لأجد نفسي في ظلام دامس فقط، لم أعُد أرى أشخاصًا أو أحداثًا في أحلامي، كأنك نزعت المقبس من التلفزيون ليلًا. موت قصير يعقبه استيقاظ ممل. صرت مثل البوصلة التي فقدت قدرتها على تحديد الاتجاه.

من أنا؟ لم أعد أعرف نفسي، وإن لم تتغير ملامحي في المرآة.

إلى أين أذهب؟ لم أعد أعرف أين أنا، مع أنني أحفظ الطريق. متى سأخرج من ظلام نفسي مثلما جاهدت في الخروج من حمَّام السباحة العميق جدًّا في صغري؟

لا أجد إلا صدى سخيفًا يردد هذه الأسئلة، ولا إجابة.

✳ ✳ ✳

انتهت جلسة «شاكرا» العين الثالثة، وأعقبها بعض تمارين اليوجا الأخرى مع «كيارا»، ثم انصرفنا إلى غرفنا عند الساعة التاسعة مساءً. وكان اليوم حافلًا. في حجرتي، نظرت إلى المكتب فوجدت القلم والأوراق التي أستخدمها بعد كل جلسة لإخراج كل الأفكار من عقلي وكتابة الرسائل. تذكرت ما قالته لنا «كيارا» اليوم: لا كتابة إلا صباح غد.

استلقيت على السرير وأطفأت أنوار غرفتي وأغلقت عينيَّ. صرت أحب إغماض عينيَّ وأنا مستيقظة، منذ أن تعلمتها هنا في معسكر اليوجا: للعينين قدرة على إضعاف باقي الحواس، وعند إغماضهما تبدأ أذناك وأنفك وحتى لسانك بالإحساس أضعاف ما تحس به عادةً.

رويدًا رويدًا، خفتت أصوات عقلي. رويدًا رويدًا، وجدتني في مكان آخر، حديقة كبيرة جدًّا. مهلًا! أنا أحلم! هذا معناه أنني نمت وأحلم! أنا أحلم أخيرًا!

وإذا بصوت العصافير تزقزق خارج الغرفة. استيقظتُ، وما زالت السماء داكنة. إنه الفجر إذن. تحسست وسادتي، وجدتها مبتلة. هل وقع شيء ما عليها؟ تحسست وجهي، وجدته مبتلًّا بالدموع. تجرعت

١٥٠

الماء بكثرة كأنني عائدة من صحراء. جلست أحاول استجماع أفكاري وما حدث. نظرت إلى المكتب، ثم توجهت إليه، وأمسكت بالقلم ونظرت إلى الورقة.

الرسالة الساد...

لم أشعر إلا بالدموع وهي تنهمر على الورق ولم أستطِع استكمال الكتابة.

«الشاكرا» السابعة والأخيرة: «الساهاسرارا» «شاكرا» التاج

تحكي الأسطورة أن فيلًا يُدعى «جايندرا» كان يعيش في حديقة واسعة كبيرة على جبل تريكوتا، وكان قائد قبيلة الفيلة التي اتخذت من هذا المكان مسكنًا لها. في يوم من الأيام، ذهب «جايندرا» إلى بحيرة كبيرة لكي يقطف زهرة اللوتس ويقدمها إلى الإله «فيشنو» في أثناء صلاته. قطف الزهرة، وعندما بدأ يصلي هاجمه تمساح كبير من البحيرة، واصطاده من رجله في عنف ليجره داخل البحيرة ويلتهمه. صاح «جايندرا» ليطلب مساعدة الفيلة الأخرى، التي سرعان ما تجمعت عند البحيرة لمحاولة جذب «جايندرا» من فك التمساح، ولكن بلا جدوى. بدا التمساح قويًا جدًّا، وفقدت الفيلة الأمل. عندما شعر «جايندرا» بأنه على وشك الموت، أمسك بزهرة اللوتس بخرطومه ووجهها إلى السماء، ودعا للإله «فيشنو» لينقذه. ظهر نور ساطع في السماء، ومن خلاله رأى «جايندرا» الإله «فيشنو»

يشق السحاب على ظهر صقر كبير، ويقتل التمساح في لحظة. خشع «جايندرا» أمام «فيشنو» وشكره على فضله، وأكد أنه سيظل خادمه المطيع، كما كان دائمًا.

فاجأ «فيشنو» الفيل «جايندرا» بقصة عجيبة للغاية. أخبره أنه كان هو، «جايندرا»، في حياته السابقة ملكًا عظيم الشأن، وعبدًا من عباد «فيشنو» المؤمنين. في يوم من الأيام، زاره حكيم من الحكماء ومن المخلصين لـ«فيشنو»، إلا أن الملك أبى أن يقوم من مجلسه ليستقبل الحكيم باحترام، ما دفع الحكيم إلى أن يلعن الملك العظيم الذي تملك منه الغرور والكبرياء، وتمثلت اللعنة في أن يتحول الملك في حياته المقبلة إلى فيل، ليتعلم كيف يستسلم لاحترام الإله وأتباعه المخلصين.

أما التمساح فكان هو الآخر في حياته السابقة ملكًا عظيمًا، سخر من حكيم من الحكماء كان في مجلسه، وجذبه من قدمه وسط ضحكات الحاضرين، ما جعل الحكيم يستشيط غضبًا ويلعنه بأن يتحول إلى تمساح في حياته المقبلة. توسل الملك إلى الحكيم أن يرفع عنه اللعنة، وتأسف على تصرفه المشين، إلا أن الحكيم أخبره بعدم استطاعته منع اللعنة، ولكنه وعده بأن يكون خلاصه على يد الإله «فيشنو» نفسه.

✳ ✳ ✳

يومان يفصلاني عن العودة إلى مصر. يومان وتنتهي مغامرتي هنا في الهند. يومان فقط وأرى أدهم وعائلتي وأصدقائي. للمرة الأولى في حياتي أتطلع لرؤيتهم. لا تقدِّر وجود شيء أو شخص ما في حياتك

١٥٤

إلا عند ابتعادك عنه، وهذه قمة الجحود الإنساني ـ أن تأخذ الآخرين كأمر مفروغ منه، وتعتبرهم من مسلمات حياتك، على الرغم من أن لحظة واحدة قد تفرقك عنهم، إذ قد تنتهي فيها حياتك أو حياتهم. نعيش كأننا نضمن الغد، نجرح كأننا نضمن السماح، نهرب كأننا نضمن معرفة طريق العودة.

الهروب حل أنيق جدًّا وبسيط جدًّا عندما نتخيله. يمكنك أن تجمع حاجياتك في حقيبة سفر وتختفي في ساعة متأخرة من الليل من دون أن يلاحظ أحد هروبك. لكن المقابل ضخم: أنت وحدك تمامًا، من دون رفيق أو صديق. هذه هي لعبة الحياة القاسية. تريد شيئًا؟ سأعطيك إياه لكني سآخذ في مقابله شيئًا آخر. مقايضة رخيصة، ويجب أن تكون مفاوضًا جيدًا لكي تخرج بأقل الخسائر، لكن في كل الأحوال هناك خسارة. لن تنتبه إلى هذه الخسارة إلا عندما تحتاج إلى ما خسرته في وقت ما. ولأن ألاعيب الحياة قذرة، لن تدعَك تشتاق إلى ما خسرته في البداية، ولكنها ستجعلك تندم عليه على نحو أو آخر لاحقًا، وعندها لن تجد إلا أنصاف الحلول. هذه هي قواعد اللعبة. إذا لم تَعجبك، يمكنك شنق نفسك بأقرب حبل.

إذا سألني أحدهم: من ألد أعدائك؟ سأجيب بكل تأكيد أنه الوقت ـ الوقت الذي نظن أننا نستطيع تنظيمه وترتيبه، ولكنه هو يملكنا وينقص من آمالنا وأحلامنا، ومن وجودنا مع مَن نحب.

اصطحبتني «كيارا» في نزهة صباحية مبكرة إلى الجبل. أحب الأماكن شاهقة الارتفاع، أشعر من فوقها بأنني أمتلك العالم كله. جعلني المنظر الخلاب أتمنى أن أبقى هناك إلى الأبد. بدا أن الوقت

توقف عند هذه اللحظة حتى يتيح لي الاستمتاع بهذا المشهد أكثر. أحيانًا نستطيع إيقاف الوقت فعلًا عند لحظة معينة فقط عندما نكون في مكان معين أو مع شخص معين. المحظوظ هو من يعطيه القدر المكان والشخص المناسبين.

سألتني «كيارا» إن كان ظهري يؤلمني. قلت لها إنني لم أشعر به على الإطلاق منذ ما قبل جلسة العين الثالثة، بل أصبحت أكثر خفة في الحركة، ونسيت الألم كأنه لم يكن يومًا هنا.

قالت «كيارا»:

ـ اليوم هي الجلسة الأخيرة لنا معًا. أردت أن أصطحبك وحدك إلى هذا المكان، تقديرًا لجهودك طوال الفترة الماضية. أعلم كيف تألمتِ، وكيف جاهدتِ شياطين عقلك ونفسك كثيرًا في أثناء هذه الرحلة. شعرت بقوتك في كل يوم استيقظتُ فيه ووجدتك ما زلتِ هنا. على الرغم من صعوبة المحطة الأخيرة، فإنها سهلة لبعض الأشخاص. قليلون من وصلوا معي إلى هذه المرحلة، وأنا ممتنة لأنكِ منهم.

أجبتها بابتسامة ممتنة:

ـ نادرة هي الأوقات التي أشعر فيها بالفخر بنفسي، وهذه الرحلة هي واحدة منها. كنت أعرِّف الفخر بالإنجاز المادي حتى تناسيت الإنجاز المعنوي. كنت أهتم بما أفعله بالحياة أكثر من اهتمامي بما تفعله بي الحياة، حتى ركلتني بقدمها في أقرب حفرة. لا شيء أقسى من أن تتلاعب بك الحياة، وأن تصبحَ أنتَ مجرد نكرة بالنسبة إليها، وأن تسمحَ لك ببعض الدقائق لالتقاط

أنفاسك من حين إلى آخر، ثم تعود وتدوس على وجهك. أنا سعيدة أنني هنا، وأنني أديت ما أديته حتى الآن معكِ، وسعيدة لأن ما فعلته هنا يُشعرني بالسعادة. عشت معظم حياتي تحت الضغط النفسي والتحدي القاتل، ما أوصلني إلى طريق مسدود، ولكنكِ ظهرت لتمدي لي يد العون.

سألتني كيارا:

ـ سباق إلى أسفل الجبل؟

أجبتها وأنا أضحك استعدادًا للسباق:

ـ من دواعي سروري! سأفوز بكل تأكيد!

وصلنا الفيلَّا الخاصة بمعسكر اليوجا وكانت كل عضلة في جسمي تنبض بالحياة، وبالأمل، وبالانتعاش والحب. أخبرتني «كيارا» أننا سنلتقي ليلًا من أجل الجلسة الأخيرة.

صعدت إلى غرفتي ونظرت إلى كل ركن فيها. سأفتقدها على الرغم من بساطتها الهادئة: لا يوجد فيها ما يشتتني، فقط الأساسيات. ربما هذا ما سأفعله عندما أعود إلى مصر، سأغير في شكل الغرف. أريد كل شيء بسيطًا وهادئًا مثل هذه الحجرة.

قضيت الوقت المتبقي قبل الجلسة في ترتيب حقيبتي وأوراقي التي كتبتها في أثناء وجودي هنا. جلست أقرأها وأعدل فيها، الواحدة تلو الأخرى، حتى سمعت طرقًا على باب الغرفة، وكنت أعلم أنها «كيارا» تستدعيني لجلسة اليوجا.

سألتني:

ـ هل أنتِ مستعدة؟

أجبتها:

ـ نعم. انتهيت أيضًا من ترتيب حقيبتي، بدلًا من تأجيلها إلى وقت لاحق.

ـ متى موعد طائرتك؟

ـ في العاشرة من صباح الغد. يجب أن أتحرك من الفيلًا عند السابعة على الأكثر. الطريق إلى المطار طويل جدًّا.

ـ عظيم. سأعمل على إبلاغ السائق بموعدك. هيا الآن فلنلحق بالجلسة.

كان القمر بدرًا كبيرًا متوهجًا في السماء، ولونه يميل إلى الاصفرار قليلًا، وهالة ساطعة تحيط به. لو رأته أمي لقالت إن الليلة هي ليلة القدر!

لم نحتَج إلى أي إضاءة أخرى. افترشنا الأرض في حديقة الفيلًا حيث مكان جلسة اليوم، الجلسة الأخيرة!

جلست «كيارا» أمامنا، وبدأت حديثها:

ـ ما هو حلم أي شخص؟ الخلاص بالتأكيد. الخلاص من الألم والمعاناة. الخلاص من الانتظار. الخلاص من تجربة حب قاسية، من عمل يقتل كل خلية من خلايا عقلك. الخلاص حتى من هذه الرحلة المرهقة على الصعيدين النفسي والجسدي.

أنا فخور بكل ما قدمتموه خلال هذا المعسكر، فخور بكل التعليمات التي اتبعتموها، على الرغم من عدم منطقيتها في بعض الأوقات، لكن أحيانًا عدم المنطقية هو ما يقودنا إلى أماكن ساحرة، مثل هذا المكان الذي نجلس فيه الآن.

التحرر هو ما يحرك الإنسان: التحرر من القيود، من القروض، من الأهل... كل ما يريده الإنسان هو الشعور بكامل حريته، وهي معركة عنيفة لأن الإنسان بطبعه، من ناحية أخرى، متعلق بأشياء وبأشخاص.

اليوم جلستنا الأخيرة معًا. اليوم نستكمل العمل على «الشاكرا» الأخيرة، «شاكرا الساهاسرارا»، «شاكرا» التاج.

تقع «شاكرا» التاج في منتصف الجمجمة من الأعلى. قال كثيرون إنها المكان نفسه في أعلى الرأس الذي يكون طريًّا، حسَّاسًا، غير مكتمل عند الولادة، وهو الجزء الأول من الوليد الذي يواجه به العالم. قال كثيرون أيضًا إنها النقطة التي تخرج منها الروح عند الموت.

رمز «شاكرا» التاج هو زهرة اللوتس ذات الألف ورقة وورقة متداخلة بعضها مع بعض بأكثر من لون وأكثر من طبقة، وهي تمثل تعقيد الكائن البشري، بصراعاته وأحلامه وأفكاره، وكل ما مررنا به معًا في هذا المعسكر، بداية من «الشاكرا» الأولى وحتى الآن. هدفنا كان إيقاظ طاقة «الكونداليني» من أسفل ظهرنا لنصعد بها إلى «الشاكرا» السابعة والأخيرة.

«شاكرا» التاج هي أكثر الشاكرات تعقيدًا وحساسية، فهي المنتهى واللانهائية: مرحلة الوعي الكامل، تجربة خطيرة، قد تستمر محاولات الإنسان فيها لسنوات كثيرة من دون أن يصل إلى نقطة الذروة الخاصة بها. أخبرنا البعض ممن وصل إلى هذه الذروة أنها شعور نقي بالسعادة والسلام تجاه الحياة. في هذه

«الشاكرا» يفكر الإنسان على نحو أشمل في وجوده على هذه الأرض، يتخطى كل منا حاجز «الأنا»، ويتوصل إلى حقيقة أنه جزء من منظومة متكاملة، له دور فيها يؤديه ويرحل، من دون حروب ومعارك.

يقع التوازن في هذه «الشاكرا» على خيط رفيع جدًّا يفصل بين ألا يكون الإنسان مستعدًّا للسعي إلى ما يريد تحقيقه، ويترك نفسه ليطيح به القدر في أي اتجاه، وأن يكون مؤمنًا بأن سعيه سيؤدي به إلى الطريق المناسب له. لذلك، فإن النشاط الزائد في هذه «الشاكرا» قد يؤدي إلى اضطرابات نفسية خطيرة قد تنتهي بالانتحار، والخمول في هذه «الشاكرا» قد يدفع الإنسان إلى الإحساس بعدم أهميته، وقد يمنعه من فهم سر وجوده في سلسلة الكون، ما يؤدي أيضًا إلى الاكتئاب الحاد.

الهدف الأسمى من اليوجا هو بلوغ مرحلة «السامادي»، وهي مرحلة سامية من التأمل، مرحلة يصل بها الإنسان إلى الصفاء والكمال والإيمان الروحي في أعلى درجاتها.

السؤال هنا هو: بمَ سيستفيد الإنسان من الوصول إلى مرحلة «السامادي»؟

تؤمن الثقافة الهندية بثلاثة مصطلحات مهمة، وهي: «الكارما»، و«الموكشا»، و«السامسارا».

نعرف «الكارما» جيدًا في مختلف البلدان والثقافات: ما تفعله في الحياة سيعود عليك سواء كان فعلًا حسنًا أو سيئًا. ندور جميعًا في دائرة مغلقة، نبدأ منها وننتهي عندها. إذا أديت فعلًا

حسنًا سيرسل إليك القدر، أو الإله، أو الطاقة، أو ما تؤمن به، شيئًا جيدًا في المقابل، وإذا اقترفت فعلًا سيئًا، مضرًّا، سيعود عليك أيضًا.

تؤمن الثقافة الهندية بتناسخ الأرواح، أي أن حياتنا لا تنتهي في شكلنا الحالي، بل تخرج الروح عند الموت لتسكن جسدًا آخر، سواء كان نباتًا أو حيوانًا، في دائرة لا نهائية من الحيوات المختلفة. هذه هي «السامسارا»، أن تظل الروح متجوِّلة، غير مستقرة. لذلك، الهدف الأسمى هو الوصول إلى مرحلة «الموكشا».

تعني «الموكشا» أن يكسر الإنسان دائرة الروح المتجوِّلة، ويتخلص من «الكارما» ومن كل ذنوبه، لتستقر روحه أخيرًا وتصعد إلى السماء وتستمتع بالجنة بأشكالها المختلفة في الديانات المختلفة.

هدفنا اليوم هو التحرر. يشد المتدينون الرحال من شتى بقاع العالم إلى نقطة معينة فيها أثر ديني يعتقدون أنه سيخلصهم من ذنوبهم، ويعودون منها بروح نقية خالية من الذنوب. هذا ما سنفعله اليوم، ولكن من دون سفر. سنصل إلى المرحلة التي يتمناها أي شخص على كوكب الأرض: مرحلة الخلاص من كل شيء. نعود معًا بأرواحنا أطفالًا، بنفسياتهم النقية وأفكارهم البريئة، وبهذا، وفقًا للمعتقد الهندوسي، نكون قد كسرنا دائرة روحنا الخائفة، المتجوِّلة بين الحيوات المختلفة، التي تنتظر رد «الكارما» على كل ما فعلناه. كأنها نقطة وبعدها نبدأ من أول سطر في صفحة جديدة من حياتنا.

إذا لم تصلوا إلى هذه المرحلة في جلسة اليوم، فلا داعي لأن تكونوا قساة على أنفسكم. أنا لم أختبر هذا الشعور إلا مرة واحدة في حياتي، ومن يومها قطعت على نفسي عهدًا بأن أساعد كل من يمكنني مساعدته للوصول إليه والإحساس به. أنتم الآن على الطريق الصحيح إليه، أعدنا التوازن إلى كل «الشاكرات» السابقة، ما يمهد الطريق على نحو فعلي لتعمل «شاكرا» التاج. لذلك، إذا لم تنجحوا اليوم، فتذكروا أن هناك دائمًا غدًا، ما دامت الروح تريد المحاولة. إذا توقفنا عن المحاولة، لن يبقى غد، وسنفقد كل معنى للحياة.

والآن، فلنستعد لوضعية اليوم: «البادماسانا». هي وضعية مريحة وغير مرهقة. فقط نجلس، ونربع أرجلنا، ونضع كل يد على ساق. لا نردد أي «مانترا» اليوم، فقط الصمت والتركيز. قد يبدو القول سهلًا، ولكن الفعل صعب: نريد أن نحاول الوصول إلى عقل بلا أفكار، خالٍ من كل شيء إلا من تخيل النور المتوهج في أعلى رأسنا، الذي نأمل الوصول إليه.

اتخذتُ وضعية اليوم، وأغلقت عينيَّ، وبدأت أحاول تصفية ذهني عبر تمارين التنفس التي علمتنا إياها «كيارا».

لا شيء.

فتحت عينيَّ لأجد المجموعة ما زالت حولي، وكلهم مغمض العينين، يحاول الوصول إلى «السامادي». «أوكي»، لا بأس، ربما وترني الصمت قليلًا.

أغلقت عينيَّ وبدأت أتخيل النور الساطع أعلى رأسي. كان

عقلي يحاول الهروب من اللاشيء بكل الطرق، أقبض عليه لأعيده إلى التأمل، عن طريق التركيز على نبضات قلبي، وشهيقي وزفيري. لا شيء.

انتهت الجلسة على نحو أسرع مما أردت، لكني فوجئت بأن ساعتين قد مرتا تقريبًا، ساعتان وأنا أحاول في اللاشيء. أخبرت «كيارا» بما حدث، طمأنتني ونصحتني أن أحاول عند العودة إلى مصر، هذه «الشاكرا» بالذات لا نشعر بها سريعًا، هي معقدة مثل زهرة اللوتس ذات الألف طبقة، وفي كل مرة نغوص داخل كل طبقاتها.

جزء مني اقتنع بكلام «كيارا»، والجزء الآخر كان يشعر بالفضول تجاه هذه التجربة.

صعدت إلى غرفتي وحاولت الحصول على قسط من الراحة قبل طائرة اليوم التالي، لكن كل محاولات النوم فشلت.

نزلت مرة أخرى إلى حديقة الفيلَّا، ومنها خرجت إلى الشاطئ. وقفت أتأمل الماء وانعكاس القمر عليه. كان المشهد بديعًا. جلست على الرمال ونظرت إلى القمر المتوهج، وابتسمت.

الرسالة السابعة

عزيزي شمس،

أعلم جيدًا أنك ضقت ذرعًا بي، وأنك لم تعد تطيق شكواي وكلماتي الحزينة. قبل أن أسهب في الحديث، أريد طمأنتك أن هذه الرسالة مختلفة، على عكس ما عهدته مني في الآونة الأخيرة تمامًا.

أود أن أشكرك على ابتعادك عني: كان قرارك سليمًا على الرغم من

١٦٣

مرارته، لأنه كان من الأسباب التي أدت بي إلى هذا المكان، وإلى كتابة هذه الرسالة الأخيرة.

لطالما ساندتني، من دون كلل أو ملل، طيلة الخمس عشرة سنة الماضية، كنتَ هنا دومًا لتطيِّب جراحي التي سببها آخرون. فعلت ذلك بحب واهتمام حقيقيين. لا يقابل الإنسان من هو مثلك إلا مرة واحدة في العمر، ولا بد من أن يحتفظ به مهما تغيرت الظروف. كلمة «صديق» لا تكفي لوصفك، بل أنت أقرب إلى «رفيق»: رفيق العمر، ورفيق الدروب الكثيرة المتغيرة التي مشيناها في سنوات صداقتنا المتينة.

على الرغم من عِنادي الذي تعرفه جيدًا وعانيتَ منه كثيرًا، فإنني الآن، وعلى هذه الأوراق، أعترف بأنك كنت على حق. ولكن فلنضَع هذا جانبًا لدقائق، ودعني أخبرك بما حدث منذ قليل، لأنك الوحيد الذي ستفهمه.

جلستُ على الرمال أمتع نظري بالمشاهد الأخيرة لي هنا في الهند، لأن طائرتي ستقلع خلال ساعات قليلة. سمعت صوتًا بداخلي يقول لي أن أجرب مرة أخرى العمل على «شاكرا» التاج. تجاهلته لأنني كنت نعسانة ولم تكن لديَّ قدرة للتركيز أو التأمل، ولكنه ظل يناديني أكثر وأكثر.

اتخذت وضعية «البادماسانا» وأخذت أشحن كل تركيزي في اتجاه صوت البحر، وتخيلت القمر يتوهج أكثر وأكثر، ويقترب من الماء ومن الأرض أكثر وأكثر. سرت في جسمي رعشة شعرت بها من أسفل جذعي حتى وصلت إلى قمة رأسي، ثم ساد صمت تام.

لم يطُل هذا الصمت قبل أن أحس بسخونة في أعلى رأسي. بدأ قلبي ينبض في عنف، للحظات شعرت بالخوف وأردت أن أنهي هذه الجلسة، لكن شيئًا ما بداخلي طمأنني ودعاني للاستمرار.

هل تعرف الشعور في الطائرة عند الإقلاع أو الهبوط، عندما ترتبك معدتك وأعضاؤك الداخلية كلها؟ هذا ما حدث بالضبط بداخلي.

ثم رأيت نفسي أمامي، ولكن متوهجة، كأنني طيف أو روح. أخذَت روحي تصعد نحو السماء، ثم تنزل وتلمس الرمال، ثم تقترب من القمر، وكلما دارت أو تحركت، شعرتُ بكل ما بداخلي ينسحب، مثل شعور الإقلاع في الطائرة. كان هذا الإحساس مؤلمًا، وأردت أن أصيح عاليًا كي يسمعني أحدهم ويأتي ليمسك بيدي، ولكن نوع الألم اختلف هذه المرة. كان الألم ممتعًا ولا أمانع في عودته.

تذكرت «كيارا» عندما قالت لي مرة: «تذكري إحساس الملاهي. لم نعرف وقتها إذا ما كنا نصرخ من الفرحة أو من الخوف أو من الألم، ولكننا كنا نصرخ، وعندما انتهينا أدركنا أن هذا الصراخ كان جزءًا من المتعة، كان مكونًا رئيسيًا لشعورنا بالأدرينالين يسري في عروقنا. اصرخي وتألمي. في نهاية اللعبة ستشعرين بالمتعة!».

ظلت روحي تتراقص أمامي، ثم وجدتني أطير بعيدًا، إلى أماكن لم أرَها من قبل، وأشخاص لم أفلح في تحديد معالمهم، ثم هبطت في مكان ما ووجدت جدي رحمه الله. أقسم بالله هذا ما حدث، لم أجن، ربما كل ما حدث كان من خيالي، ولكن دعني أكمل.

رأيت جدي يتنزه في الحديقة ويدخن السجائر، اقتربتُ منه بحذر لأنني أعلم أنه لم يرَني قَطُّ، ولكنني فوجئت بأساريره تتهلل عندما وقعت عيناه عليَّ. عرفني، ناداني باسمي، وقال لي إنه يشتاق إليَّ لأنه لم يرَني من قبل. سألني عن كل العائلة، وكلفني أن أبلغهم كامل حبه وقبلاته وأشواقه، وأن أخبرهم أنه بخير. ثم نظر إليَّ واحتضنني حضنًا دافئًا كبيرًا أكاد أشعر بلمساته حتى الآن.

طار طيفي مرة أخرى ليستقر عند أشخاص مختلفين، تارة عند محمود الذي وجدته غير غاضب مني على الرغم مما تسببت له فيه من ألم، ثم تارة أخرى وجدت «سور سعاد» تعرِّفني إلى زوجها الذي تقيم معه في كندا الآن، ورأيت أحمد وقد تخلى عن ملابسه السوداء وجلَس مستندًا إلى شجرة يسمع الموسيقى، ولمحت أبي ممسكًا بي وأنا طفلة،

يحتضنني ويقذف بي عاليًا وسط ضحكاتي. وجدت أمي وكانت جميلة جدًّا! تشبه إلى حد كبير صورها القديمة المخبأة في درج جدتي، وتشبه عارضات الأزياء، وتسير في دلال وسط صديقاتها.

ارتفعت روحي إلى السماء مرة أخرى، أخذت ترتفع أكثر وأكثر، ثم نظرَت إلى أسفل وكانت ترى العالم كله، البشر كلهم، والحيوانات والطيور والأشجار كافة، ثم نزلَت مرة أخرى على الرمال، وأخذت تدور وتدور في مكانها، وكلما دارت زاد توهجها، وكلما دارت شعرتُ أنا المتجمدة في مكاني بالخفة، كأنني أتخلص من كل ما ليس له أي قيمة ويشكل مجرد ثِقل بداخلي.

شعرت في أثناء دوران طيفي بأنني تخلصت من كل شيء: من الحقد، والغضب، والألم، والحب، والحزن، والحنق، والطمع، ومن كل فعل سيئ قمت به، ومن كل ذنب اقترفته. كان طيفي الذهبي يدور، وكلما دار أخرج شرارة، وكلما زادت هذه الشرارة سرت في جسمي قشعريرة وشعرت بالخفة، وبالسلام يتسلل رويدًا رويدًا ويتحسس مجلسه بداخلي في هدوء. فجأة لم أعد أريد أي شيء، لم أعد أرغب في أي شخص، أردت أن تظل روحي تدور وتدور. أحببت شعور فوضى معدتي، وأحببت هذا الشعور بالخفة.

أخذت سرعة طيفي في الدوران تزيد، حتى تحول الطيف إلى كرة ذهبية كبيرة وجدتها تتجه نحوي بأقصى سرعة، خفت من ارتطام هذه الكتلة بي، ولم أستطِع إلا إخفاء وجهي بكلتا يديَّ، ودوت مني صرخة قصيرة.

استيقظت وفتحت عينيَّ لأجد نفسي مستلقية على الرمال. نظرت إلى الساعة فوجدتها تشير إلى السادسة والنصف صباحًا، أي أن أمامي ثلاثين دقيقة فقط قبل الرحيل. كنت منهكة بشكل لا يمكن وصفه. لا أعلم حتى هذه اللحظة إذا كان هذا حلمًا أم تأثير «شاكرا» التاج، لكني أعلم أن كل لقطة من لقطات طيفي أو روحي كانت حقيقية جدًّا، لدرجة مرعبة.

ركضت باتجاه الفيلَّا ووجدت «كيارا» مستيقظة تمارس اليوجا. قطعت تدريباتها وقلت لها إن شيئًا غريبًا حدث، ربما متعلق بـ«شاكرا» التاج. قالت لي:

ـ أرجوكِ لا تحكي لي أي شيء مما حدث. لو كانت هذه التجربة فعلًا تجربة «شاكرا» التاج، فهي مقدسة جدًّا، ولكل شخص تجربة متفردة ومتميزة خاصة به. لا تكسري قدسية اللحظة بالثرثرة عنها. اكتبي ما شعرتِ به وما مررتِ به، لأنكِ ستعيشينه مرة أخرى بكتابتك، وستشعرين به أكثر وأكثر مع كل حرف تخطينه على الورق.

ولكن ها أنا أكتب لك ما حدث، لأنك وحدك تفهم جيدًا ما لا يفهمه الآخرون، ولأنني أستطيع أن أحكي لك عن أي شيء وكل شيء، فأنت تؤمن بالسحر، وتؤمن بالطاقة، وتؤمن بالحب، وتؤمن بالجذب، وتؤمن بالمعجزات... وتؤمن بي.

أراك تتلوى شوقًا لمعرفة لماذا كتبت أنك كنت على حق.

كنتَ على حق في ابتعادك عني لأنني لم أكن أنا، كنت شخصًا غريبًا، حتى أنا حاليًا أتذكره وأتعجب. كنت شخصًا ثقيلًا، حزينًا، مملًّا، شاردًا، صامتًا. الكل يمر بلحظات سيئة وأوقات صعبة، ولكن لم تكُن هذه هي حالتي، لم أكُن أمر بلحظة سيئة، بل كنت أعيش في اللحظة السيئة وأستمتع بوجودي فيها على الرغم من سوادها.

نكتب ونتحدث دائمًا عن اللحظات التي خذلَنا فيها الآخرون، لكننا نادرًا ما نتحدث عن اللحظات التي خذلنا فيها أنفسنا، وهي كثيرة.. جدًّا! ربما لأن لوم النفس قاسٍ للغاية. مثل اللحظة التي قررتَ فيها ألا تقدِم على خطوة مهمة في حياتك العملية فقط لأنك تكاسلت، أو اللحظة التي قررت فيها ألا تفصح عن مشاعرك لأحدهم لأنك أجبن من أن تفعل، أو اللحظة التي أصررت فيها على معاودة التحدث إلى شخص تعلم تمامًا أنه لا يهتم بك على الإطلاق، أو اللحظة التي قررت فيها الاعتراف بخطأ لم ترتكبه فقط إرضاء للآخرين، أو اللحظة التي

أجبرت نفسك فيها على فعلٍ ما لنيل محبتهم... ألم أقل لك إنها كثيرة؟ كثيرة ومؤلمة، وكل لحظة منها تقتل جزءًا فينا، حتى يصير ما تبقى منا مشوهًا وغريبًا.

تذكرت كلماتك الأخيرة لي: ليس الأمر أنكِ تعانين من حالة مزرية، بل إنكِ أصبحتِ تحبينها ولا تريدين أن تتخلصي منها! كأنها تملكت منكِ تمامًا وأقنعتك أن هذا هو ما تستحقينه، وصارت تقودك وتحرّكك، وأنتِ هنا كالغبية مستسلمة لها ولا تحاولين حتى الهروب منها! أفيقي قبل فوات الأوان!

أشكرك على عدم استسلامك في البداية، ولكنني صددتك بكل الطرق، ولم يتبقَّ لك طريق إلا الفراق. قلت لي إنني إذا لم أجد نفسي بنفسي، فلن يستطيع أحد أن يجدها لي. عندما ابتعدتَ غربت شمسي، وحل الليل بظلامه الكالح الأسود، وتهت في عتمة روحي. كنت مرعوبة في أثناء توهاني، أرتجف ذعرًا مما كنت فيه، ولكنني كنت كالمحبوسة في قفص جسد بارد، خالٍ من المشاعر ومن التعبيرات، فلم أستطِع التشبث بك أو بغيرك، وتركت نفسي للتيار يطيح بي هنا وهنا ويقذف بي بعيدًا، حتى رسوت على ميناء هذا المعسكر مع «كيارا».

لقد عدتُ.

عدت بروح أكثر خفة، وشكل أكثر نضارة، وابتسامة أكثر امتنانًا، وقلب يسع العالم كله.

أعد الثواني والدقائق حتى أراك مرة أخرى وأسمع ضحكاتك الساخرة مما سأحكيه ونكاتك الفاضحة ردًّا على ما سأخبرك به.

لقاء وأشواق

لم أشعر بالوقت الذي مضى في الطائرة المتجهة من مطار مومباي إلى مطار القاهرة. الرحلة تستغرق خمس ساعات تقريبًا، ولم أتوقف فيها لحظة عن الكتابة. رفضت الأكل، وقبلت القهوة وشربت كثيرًا منها، حتى نصحتني المضيفة على استحياء أن أتوقف كي لا أصاب بأزمة قلبية من تأثير الكافيين.

لم يوقفني عن الكتابة إلا هبوط الطائرة واستعداد الركاب من حولي للخروج. قلبي يدق بعنف. بقيت أكثر من ثلاثة أشهر بعيدة عن مصر، وعن أدهم وعن أصدقائي وحياتي بكاملها. ينتابني شعور بالخجل، مثل الطفلة الصغيرة التي ظهرت فجأة عليها ملامح الأنوثة وجعلتها أكثر جمالًا، ولكنها تستحي من إظهارها أمام الجميع. للحظات، وأنا في الهند، ظننت أنني لن أعود أبدًا.

خلت الطائرة من جميع الركاب إلا أنا، اضطررت إلى الخروج أخيرًا. لقد أخبرت أدهم بموعد قدوم طائرتي، وبالتأكيد هو ينتظرني في الخارج. شكرت المضيفات وتركت الطائرة.

استقبلني ضابط الجوازات بابتسامة واسعة، وسألني في مرح كيف تحملت ثلاثة أشهر في الهند «بأكلاتهم الحارة»؟ ضحكت وقلت له إنني ابتعت الملوخية قبل سفري، وتبادلنا النكات. لكني كنت قلقة جدًّا وأنا متجهة لاستلام حقائبي، وحتى هذه النكات لم تفلح في تهدئة توتري. فكرة رؤية أدهم بعد دقائق تشعرني بالسعادة المختلطة بالخوف. لماذا أخاف زوجي؟ حبيبي؟ هل بسبب توتر علاقتنا قبل السفر؟ ولكنها كلها مشاجرات زوجية سخيفة نتيجة لضغط عصبي ليس إلا.

وجدت أدهم ينتظرني في الخارج مع باقة ورد كبيرة. أدهم بعينيه الساحرتين، وخصلات شعره التي لطالما عشقتها، وابتسامته التي كلما اتسعت سرقت قطعة أخرى من قلبي. ركضت واحتضنته حضنًا كاد يكسر ضلوعه. اغرورقت عيناي بالدموع، ظللت متمسكة به بكلتا ذراعي ولا أريد إفلاته، كان يضحك من كل قلبه ولم يتوقف عن القول: «وحشتيني، وحشتيني قوي».

دخلنا سيارته وبدأنا رحلتنا إلى الجانب الآخر من المدينة، إلى بيتنا الذي لم أشعر كم اشتقت إليه إلا الآن.

فاجأني أدهم وقد حضَّر «فلاش ميموري» بها كل أغانينا المفضلة، أدارها بصوت عالٍ وظل ممسكًا بيدي، نغني مع الأغاني ويقبِّل كفي بين الحين والآخر.

عندما أدار أدهم المفتاح في الباب، انتابني شعور غريب عندما شممت الرائحة المميزة لشقتنا للمرة الأولى منذ ثلاثة أشهر. لطالما توصلت إلى حقيقة شعوري تجاه الأشخاص من رائحة منازلهم.

بعض المنازل له رائحة نفاذة منفرة، تقول لك إنك غير مرحب بك هنا، وبعضها تقول لك رائحته إنك مرحب بك هنا على الرغم من الفوضى التي تعم المكان. هناك منازل رائحتها حب، وأخرى رائحتها توتر. حاولت تحديد الشعور المصاحب لرائحة منزلنا أنا وأدهم.. وجدتها! إنها رائحة الحنين!

دخلت المنزل أتفحص أرجاءه. وقع نظري على أريكتي المفضلة، فذهبت وارتميت فيها، وجاء أدهم ليستلقي إلى جانبي ويأخذني بين ذراعيه.

ـ كنت أعتقد أن عدم وجودك سيضيف بعض السكينة على حياتي، وأنني سأتخلص أخيرًا من ثورات غضبك وعصبيتك الزائدة، ولكن ما حدث هو العكس. كانت حياتي صفراء مملة من دونك. شيء في غيابك سحب كل معنى للحياة، كانت الأيام عادية لدرجة مقبضة، منعت نفسي أكثر من مرة من أن أخاطبك أو أرسل إليكِ رسالة أطلب منكِ فيها العودة، فقد شعرت بأنني سأكون أنانيًا، خاصة أنكِ كنتِ تبدين مستمتعة بما تفعلينه هناك. كانت سعادتي في قربك ولكن سعادتك وقتها كانت في وجودك بعيدًا. أعلم أنك فترة ما قبل السفر لم تكوني في أفضل حالاتك. زادت المسافة بيننا مع الأيام، كنا معًا ولكن كلًا منا في حياته، وعلى طريقين مختلفين يلتقيان فقط عند سفرة الطعام أو في السرير ليلًا. أنا أفكر في عودتكِ منذ أكثر من أسبوع، كلما اقترب الوقت وددت لو أقمت في خيمة خارج المطار، لعل المعجزة تحدث وتعودين قبل ميعادك. أنا باحبك.

ساد الصمت ولكنه شعر بذراعي تحيط به أكثر وأكثر، التصقت به ووضعت رأسي في مكاني المفضل، عند قلبه. قلت له في صوت خافت:

ـ أنا كتبت.. كتير!

انتفض أدهم من مجلسه ونظر إليَّ بعينين وجدت فيهما كثيرًا من الحب والراحة. لا أتذكر المرة الأخيرة التي رأيت فيها هذه النظرة، أو ربما كانت دائمًا هناك، لكن صراعات نفسي منعتني من رؤية ما هو أمامي. أجابني:

ـ أريد أن أقرأ كلماتك. اشتقت إليكِ واشتقت إليها!

أخرجت رزمة كبيرة من الأوراق من حقيبة يدي ووضعتها أمامه. بدأ قراءة الصفحة الأولى على الفور. أخبرته أنني سأضع حقائبي الكثيرة في الغرفة وسأعد لنا فنجانين من القهوة حتى ينتهي من القراءة.

انتهى أدهم من الفنجان الأول وذهب ليعد الفنجان الثاني. كان أكثر ما يربكني هو قراءته لكلماتي، أشعر كأنني أتعرى أمامه للمرة الأولى، قراءته لكلماتي تجعلني أشعر كما لو أنه يخترق عقلي، ربما لأنني لطالما اعتقدت أن ما أكتبه هو مجرد سخف.

ظل أدهم يقرأ، وكلما حاولت مقاطعته قبَّلني وطلب مني تركه ليستكمل القراءة. تزايدت الفناجين والأكواب واختلفت مكوناتها، تارة قهوة وأخرى شاي، وآخرها زجاجة بيرة باردة.

وضع أدهم الصفحة الأخيرة جانبًا ثم نظر إليَّ وأخذ يصفق. قال:

ـ لم يحدث أن شعرت بكل هذا التدفق من المشاعر في كتاباتك

من قبل. هذا جنوني! ما هذا الجمال؟ أين كانت تختبئ كل هذه الكلمات؟ فلتحيا الهند وتحيا اليوجا التي أعادتك من جديد!

ثم سألني:

ـ ولكن أنتِ قلت إنها سبع «شاكرات»، وكل «شاكرا» لها رسالة، فأين رسالة «الشاكرا» السادسة؟

أجبته بابتسامة:

ـ لا تتخيل سعادتي لسماع رأيك في ما كتبته. ليتك رأيتني في الطائرة وأنا أكتب! كنت كالمجنونة التي أصابها السعار! أكتب وأكتب إلى درجة أنني غضبت أحيانًا من أن يدي ليست بالسرعة الكافية لملاحقة أفكاري!

لم أنتهِ بعد من الرسالة السادسة. ينقصها شيء ما. والآن دعنا من القراءة والكتابة، ليس هذا وقتهما، دعنا نرَ كل ما ابتعته هناك. أمسكت بيده وذهبنا إلى الغرفة. أخذت أخرِج كل ما أحضرته من الهند: كثيرًا من التوابل، خاصة «البيري بيري»، ملابس واسعة بألوان زاهية، منتجات للشعر على أمل زائف أن يصبح شعري في يوم ما طويلًا ثقيلًا منسدلًا مثل النساء الهنديات، كتبًا كثيرة جدًّا ـ ملأت حقيبة صغيرة بالكتب، كانت بخسة الثمن وكنت كالطفل الذي زار «ديزني لاند» للمرة الأولى! ابتعت عطرًا لطيفًا لأدهم، الذي سعد به كثيرًا.

أمسك أدهم بيدي ثم جذبني إليه. قبَّلني قبلة طويلة، قبلة لم ينهِها أي منا، أردتها أن تستمر إلى الأبد، أردت الغوص أكثر بين شفتيه، كنت أشعر بأصابعه تسير على كل جزء من جسمي، كأنها تتحسس

معالم طريق مألوف، سارت فيه كثيرًا، ولكنه أُغلق لفترة طويلة لدواع أمنية.

لا أُدري كم مر من الوقت، ساعتان ربما. ارتوينا من الحب ولكن لم ينتهِ الظمأ بعد. أخذ أدهم يلعب في خصلات شعري. أخبرته أنني أشعر بالجوع، فأنا لم أتناول شيئًا لأكثر من ٢٤ ساعة تقريبًا. طلب مني ألا أتحرك، وقام. نظرت إلى تفاصيل جسمه العاري. لقد فقد كثيرًا من الوزن خلال فترة وجودي في الهند، فاستعاد جسمه تقاسيمه التي أحبها. تأملته وهو يرتدي بنطاله على عجل ليتوجه إلى المطبخ.

عندما انتهى أدهم من تحضير الطعام وعاد به إلى الغرفة، وجدني أغط في سبات عميق. وضع الطعام جانبًا ثم تسلل إلى السرير وعمل على تصحيح وضعية نومي، ثم احتضنني ونام هو الآخر.

استيقظ أدهم من ضوء الشمس الذي تسلل من خلف ستارة الغرفة، فتح عينًا واحدة ونظر إليَّ ولكنه لم يجدني بجانبه.

بحث عني في الشقة كلها ولم يجدني. دخل مرة أخرى إلى غرفة النوم، فوجد مكاني في السرير ورقة. أمسك بها وجلس على حافة السرير وقرأ الكلمات الأولى:

الرسالة السادسة

حبيبي أدهم،

إذا كنت تقرأ هذه الرسالة الآن فعلى الأرجح أنك استيقظت ولاحظت اختفائي من أحضانك ومن المنزل. لا داعي للقلق، أيقظتني ساعتي البيولوجية في تمام الخامسة صباحًا مثل عادتي في الأشهر الأخيرة

بالهند. كنتَ مستغرقًا في نوم عميق ولم أشأ أن أزعجك. نسيم الصباح البارد في شرفتنا جعلني أرغب في قيادة السيارة والتجوال بلا هدف في الشوارع الخالية. ساهم هذا الهدوء، غير المعهود في منطقتنا، في جعل صوت أفكاري يعلو ويعلو ويأخذني هنا وهناك حتى أنتهي أخيرًا من هذه الرسالة العالقة.

لا أدري من أين أبدأ بالضبط. كل الأحداث تتداخل في متاهة كبيرة في ذهني. قد تكون كلماتي مشتتة، لكن كُن صبورًا معي حتى النهاية.

لو كان هناك سبب واحد ساعدني على الحفاظ على قليل من الاتزان والقوة، ومنعني من فقدان عقلي كليًّا، فهو أنت، على الرغم من كل مشاجراتنا العنيفة، وانغماسي التام في حفرة الاكتئاب التي ابتلعتني ونهشت في لحمي ومزقتني إربًا. كان يكفي أنك ما زلت هنا.

لكن فجأة، من دون أي مقدمات، تباعدت المسافات بيننا على نحو أفزعني في الفترة السابقة لسفري إلى الهند. كان ينتابني شعور غير مريح كلما اقتربت مني، كلما تبادلنا النظرات. صارت نظراتك خاوية تمامًا تجاهي، على عكس ما يتفوه به فمك. وكلما اقتربتَ مني لتقبِّلني أو تلمسني أو تحتضنني، انقبض قلبي، ليس انقباض الحب اللذيذ، بل هو انقباض مفزع يدعو إلى الهلع. صرت أبتسم لك ابتسامات زائفة. تُمسك بيدي وأود أن ألقي بها بعيدًا عني، كأن كهرباء تسري في جسمي كلما تلامسنا. اختلقتُ الأعذار والحجج كي أبقى قدر الإمكان بعيدةً عنك وعن هذه القشعريرة التي تصيب بدني في وجودك.

قالت لي أمي إنه الحسد، وقالت لي أختي ربما حمل غير محسوب. لكنه لم يكن حملًا وأنا لم أومن بالحسد من قبل.

على الرغم من كل شيء، ظل بيننا خيط رفيع متين يأبى أن ينقطع، خيط يذكرنا بكل ما مررنا به معًا، وما واجهناه ونحن يدًا في يد ملتصقين، مشكلين حائط صد لكل الأزمات.

قبل سفري خارج مصر، وبعد يوم عمل طويل ومضنٍ في البنك، وأنا في

طريق العودة إلى المنزل، فاجأني رقم غريب دولي يهاتفني. أجبت، وكان شمس يحدثني من إندونيسيا. مرت شهور وهو هناك، وظننت للحظات أنه لن يعود أبدًا. لم نكن أنا وهو على وفاق في صداقتنا قبل سفره، فقد ضاق ذرعًا مما أنا فيه، خاصة أنني صددت كل محاولة منه للمساعدة أو حتى الحديث. لهذا كانت هذه المكالمة خاصة جدًا. شعرت بأنه يعتذر لي بها، بصورة غير مباشرة، عن عدم وجوده في هذه الفترة من حياتي. لم أرغب في الشكوى، خاصة له. سألني عن الأحوال، وقلت له إنني بخير، وإننا بخير. أخبرني أنه وقع في غرام ذلك البلد ويود لو استطاع أن يبقى هناك إلى الأبد.

جزء مني كان يتألم كلما تحدثت مع شمس أو تقابلنا. يذكرني شمس بكل ما كنت أنا عليه: منطلقة، شهيتي للوقوع في حب الأماكن والأشخاص والطعام والشراب والأشياء مفتوحة على نحو فاجأك أنت شخصيًّا عندما تعارفنا. كنتَ تتساءل في استغراب عن مصدر هذه الطاقة الكامنة بداخلي، وأنا لم أشعر بقيمتها إلا عندما تحولَت إلى قطعة بالية من القماش فشلت جميع محاولاتها في امتصاص اللبن المسكوب.

المهم، بدأ يحكي لي حكاية أخرى من حكاياته، وكانت هذه بداية كل شيء.

في أثناء تجواله في جزيرة بالي، وجد كوخًا صغيرًا لمُرشد روحاني، فتملك منه الفضول وطلب مقابلة هذا المرشد. تحدث معه المرشد عن أشياء خفية في حياته، وبدا أنه يعرف عنه أكثر مما كان شمس يعرف عن نفسه، ما أبهر شمس جدًا.

أخبره شمس أن لديه صديقة ـ أنا ـ تمر بحالة نفسية سيئة للغاية، وهي كاتبة فقدَت الوحي والإلهام. أجابه المرشد بتفاصيل عن حياتي كادت تجعل شمس يجن! كيف يعرف هذا الرجل كل هذا؟! إنه ساحر وليس مرشدًا!

قال له المرشد إنني لم أفقد الوحي والإلهام وإنما فقدت نفسي، والعثور

على النفس رحلة مرهقة. ثم وعده بأنه سيصلي لي من أجل أن يفتح الرب لي عيني الثالثة، لكي أرى بها ما لا أستطيع أن أراه، على أمل أن أهتدي إلى طريق العودة.

ضحكت وشكرت شمس على دعوات صديقه المرشد وصلواته. وصلت إلى المنزل وتناولنا الطعام معًا، ثم خرجتَ كعادتك لمقابلات العمل الليلية.

جلست أتصفح الإنترنت، ثم خطر في ذهني أن أبحث عن العين الثالثة ومعناها. مرت ثلاث ساعات تقريبًا وأنا أقرأ عنها كثيرًا من المقالات، ومن التجارب الحقيقية لأشخاص مروا بهذه التجربة. كانت الكلمات حالمة وغير منطقية، قرأت حتى غلبني النعاس وغفوت على الأريكة.

كنت فاقدة القدرة على الأحلام منذ فترة طويلة كما تعلم، ولكن تلك الليلة لم يكن نومي مجرد ظلام دامس صامت. رأيت صورًا ومشاهد وأشخاصًا، ولكن الرؤية كانت ضبابية جدًّا، ولم أستطِع تحديد ملامح من رأيتهم، ولم أتذكر، عند استيقاظي على صوت مفتاحك في باب الشقة، أنني حلمت أصلًا.

أكملت حياتي الكئيبة بشكل روتيني وطبيعي في اليوم التالي، لكن المشاهد الضبابية ذاتها، التي رأيتها في حلمي، ظلت تتقافز في ذهني بين الحين والآخر في أثناء وجودي في العمل. ما زالت كما هي، مشاهد مشتتة مهترئة، وظننت أنني أصبت بهلاوس بصرية. استأذنت مبكرًا وعدت لكي أستريح في المنزل. حاولت النوم لكن بلا فائدة، وتلاشت الهلاوس تدريجيًّا. ربما كان مجرد إرهاق بسبب اضطرابات نومي.

انقطع الخيط الرفيع بيننا عند شجارنا أمام شمس لدى عودته من إندونيسيا، وقررت الابتعاد عنك تمامًا والسفر إلى الهند. العزلة مختلفة تمامًا عن الوحدة. العزلة اختيار، أما الوحدة فإجبار. نعم كنت وحيدة

وأنت هنا بجانبي، ولكن لمسة يدك كانت تؤكد لي أن كل شيء سيصبح على ما يرام. لكنني قررت واخترت أن أعتزلك بكامل إرادتي.

عندما بدأت معلمة اليوجا تشرح مقدمة «الشاكرا» السادسة، وهي العين الثالثة، تأهبت في مجلسي. كانت الكلمة مألوفة، وقتها فقط تذكرت مكالمة شمس وقصة المرشد الروحاني.

انتهينا من الجلسة وذهبت إلى غرفتي وغفوتُ، كما قرأتَ في أوراقي أمس.

نمت بعد جلسة العين الثالثة مع «كيارا»، وحلمت. كانت المرة الأولى التي تزورني فيها الأحلام منذ ليلة الهلاوس والمشاهد الضبابية. رأيت الحلم نفسه، ولكن بوضوح، من دون أي غموض.

رأيتك في الحلم ولكنك لم تَرَني. لم أكن هناك بشحمي ولحمي، ولكنني كنت أشاهد الحلم، مثل كاميرا مراقبة ثلاثية الأبعاد.

رأيتك تخرج من منزلنا وتستقر في سيارتك ثم ترفع هاتفك المحمول وتتحدث، وتردد كلمات غزل وحب، كنتَ تخبرني أنك في الطريق إليَّ، شاهدتك تصل إلى مكان ما لم أتعرف عليه على الإطلاق، ثم تقابلنا واحتضنتني.

مهلًا! فلنعُد باللحظات قليلًا إلى الوراء. نعم هنا. ثبِّت هذا المشهد! هذه ليست أنا!

هذه ليست تصفيفة شعري، هذا الفستان ليس في دولابي. هذا ليس صوتي حتى!

ماذا يحدث؟ بدأ طنين في أذنيَّ يرتفع رويدًا رويدًا، حتى طغى وصار الموسيقى التصويرية لما أراه.

ضممت الفتاة بين ذراعيك. كان وجهها مألوفًا، تذكرت أننا تقابلنا في أثناء إحدى مناسباتك الخاصة بالعمل، قبل أن أهرب إلى قوقعتي الكبيرة وأعتزل الناس.

اقتربت أكثر من المشهد ووجدتك تنظر إليها تلك النظرة التي اشتقت

إليها منك كثيرًا. لم تكن عيناك خاويتين كما اعتدتهما منك مؤخرًا يا أدهم، كنتَ تمسك بيدها وتضعها في معطفك تمامًا لتدفئتها. وضعتها مثلما كنت تخبئ يدي الصغيرة داخل جيبك الكبير.

توالت المشاهد ولم أكن أنا جزءًا منها مطلقًا، إلا مشهدًا واحدًا، عندما ظهر اسمي على هاتفك وارتبكتَ وأغلقته.

أنت تقبّلها وهي تتدلل، هي تقبلك وأنت تضحك. هي... هي... هي مرة أخرى.

تعلم أنك كففت عن الحب عندما أردت الانفراد بمشهد ما وحدك تمامًا، من دون الشعور بأهمية مشاركته مع من تحب. كلما زاد معدل الأنانية قل معدل الحب، وأنت لم تعد تشاركني أي شيء تقريبًا.

انقطع الخيط بيننا عندما بدأتَ تهرب مني إليها، تسمعها بدلًا من أن تنصت إليَّ، تبادلها النكات والضحكات بدلًا مني.

كانت المشاهد مؤلمة، إلى أقصى حد.

أهم ما تعلمته من رحلتي في اليوجا هو القدرة على معرفة السبب الحقيقي وراء الألم.

لم يكن ما يؤلمني هو الخيانة. بالتأكيد الخيانة مؤلمة، ولكن ما آلمني حقًّا هو الشعور بالغباء، الشعور بالخديعة، الشعور المقيت بالتشكيك في كل لحظة تعبِّر لي فيها عن حبك. هل كنتَ تبادلني الأحاسيس والمشاعر نفسها فعلًا، أم هذا ما كنتَ مجبرًا على فعله كي لا تثير شكوكي؟ في وقت فراغك، هل كنتَ تفكر فيها أم فيَّ أم في نفسك؟ هل تحب قُبلتها؟ هل تعجبك رائحتها؟ هل تهمس في أذنها الكلمات نفسها، أم لكل منا مفرداتها الخاصة؟ ما هو الأكثر وجعًا: أن تكون وقعت في حُبها فعلًا، أم أنها مجرد نزوة؟

قلبي قلبي قلبي... لا أنفك أتحدث عن قلبي! دعك من قلبي، فلنرمِه جانبًا الآن.

أنا، كما تعرفني، أكره المفاجآت، الحلوة منها والمُرة. أشعر بتوتر حاد

إذا فقدت التحكم. «مجنونة تحكُّم» كما نعتني دائمًا، ولكنك كنت دائمًا الاستثناء. معك فقدت القدرة على التحكم، عن طيب خاطر وبكامل إرادتي. تركت نفسي لك، منسابة بين يديك، لتأخذني هنا وهناك، لأنني، للحظات، ظننت أنك تعرف الطريق.

كان أفضل ما في الأمر أنني توصلت إلى كل شيء وربطت كل الخيوط بعضها ببعض وأنا بعيدة آلاف الكيلومترات عنك.

استيقظت ذلك اليوم وقت الفجر، وأصابتني نوبة من نوبات الهلع عندما تذكرتُ أحلامي ـ أو رؤياي بمعنى أصح. تذكرت تعليمات «كيارا» وتغلبت على الهلع بتمارين التنفس التي علمتني إياها. تحول ألمي إلى شعور بالاشمئزاز تجاهك وتجاه نفسي. هرعت للاستحمام وحاولت قدر الإمكان محو أثر كل لمسة منك عن جسمي. أردت تمزيق أجزاء منه بعينها كنتَ تحبها وتتغزل بها. أخذت أفرك يدي التي استندت بك، وخصري الذي استقر يومًا بين ذراعيك، وقدمي التي كنت تدغدغني فيها فتتعالى ضحكاتي. فركت وفركت، حتى بدأت نقاط حمراء صغيرة في الظهور. كانت دمًا يقطر من جسمي ومن قلبي، دمًا صنعت منه حبرًا لأكتب لك مكتوبي هذا.

هدأتُ وافترشت أرض الحجرة وبكيت كما لم أبكِ من قبل، بكاء تهيأ لي أنه أيقظ قارة آسيا بكاملها.

أعلم أنه من الخطأ لوم الضحية، ولكنني وجدتني ألوم نفسي، من دون قصد، عندما تركتُها تذوب في كيانك، عندما وضعتُ كل ما تحبه في المرتبة الأولى قبل ما أحبه، عندما أحببتك أكثر مما أحببت نفسي، عندما حولتُك من شريك حياة وجزء منها إلى كونك كل شيء فيها، عندما اهتممت بسعادتك قبل سعادتي، عندما تركتك تمحو كل يوم جزءًا مني، حتى صرتُ مسخًا مشوهًا بلا ملامح وبلا أفكار وبلا أحلام أو أهداف.

اعذرني، فالأمر يتعدى قصص الخيانات الزوجية التي يمتلئ بها العالم.

لم نكن يومًا مجرد زوجين أو حبيبين، بل كان ما يربطنا أسمى وأنقى من هذه المسميات. كنا روحين هائمتين وجدت كل واحدة منهما ضالتها المنشودة في الأخرى.

لم أستطِع كتابة الرسالة وقتها، لم تقوَ أصابعي على الإمساك بالقلم وخط كلمات واضحة المعالم. لم تقوَ كلماتي على تأكيد ما رأته عيناي. كانت الكلمات تأبى الخروج كأنها ترفض أن تعترف بخيانتك. حتى مفرداتي كانت في حالة من الإنكار وعدم التصديق.

أعلم تمامًا أن كل تجربة مؤلمة تزيدني قوة، وأن كل انكسار يجعلني أتأكد مما أريد أو لا أريد أن أكونه. لكن كل هذه الحكم لم تقلل من الغصة في حلقي ولا من الجرح الدامي في قلبي.

مر أسبوع كامل وأنا في حالة من الثبات الزائف، عقلي يرفض تثبيت ما عرفه وتأكيده. لم أفكر حتى في الأمر، كأن ذهني قرر تجاهل كل شيء. لكن كل هذا انهار في جلسة من جلسات التأمل الليلية مع «كيارا». لم أبكِ، لكنني شعرت فجأة كأن أحدهم صعقني بآلة كهربائية ليوقظني من غيبوبة.

كان لا بد من أن أعترف لنفسي أن ما حدث هو حقيقة لن نستطيع إنكارها. جلست مع نفسي لساعات طويلة حتى الصباح الباكر. كانت نفسي تريد أن أحجز مقعدًا في أول طائرة عودة إلى القاهرة، كي نتعامل مع الوضع الجديد، كي نصرخ ونشجب ونندد بما حدث لنا، لكن الغريب أنني انتصرت عليها، أخبرتها بأننا لن نترك هذا المكان إلا ونحن متماسكتان تمامًا، لن نترك مكاننا وسنستكمل هذه الرحلة حتى آخرها. ليس هروبًا من المواجهة، فهي آتية لا محالة، لكنني لم أرِد أن أدع الحسرة والألم يتحكمان فيَّ. أنا وحدي من لها الحق في التحكم فيَّ!

سألتُ «كيارا» مرة:

ـ هل يمكن أن نسامح من آذانا؟

أجابتني:

ـ يمكننا أن نسامح، نعم، لكن فقط عندما نريد أن نسامح وليس لأننا يجب أن نسامح. يجب أن تكون المسامحة شعورًا تلقائيًا وخفيفًا نابعًا من داخلك، وليس مفروضًا عليكِ، من دون إجبار أو إكراه، سواء من نفسك أو من الطرف الآخر.

كنتُ خائفة عندما هبطت طائرتي في القاهرة. أيقنت أنني سأعلم ما يجب عليَّ فعله عند رؤيتك. شيء ما بداخلي أخبرني أنني سأجد إجابات عن أسئلتي المؤجلة عندما أنظر إليك.

كنت أجر حقائبي استعدادًا للخروج من المطار وملاقاتك. كانت خطواتي ثقيلة جدًّا، كأنها تزن أطنانًا، وكنت أتقدم بها بصعوبة.

عرفت الإجابة عندما رأيتك، ورأيت نظرتك القديمة التي أردَت قلبي قتيلًا من الحب. في نظرتك علمتُ أنك عدت إليَّ بكامل عقلك وقلبك وكيانك ووردك وابتسامتك المذهلة.

كنت أتفحصك طوال الطريق إلى المنزل. شعرت، للمرة الأولى في حياتي، بأنني قوية بما يكفي للتخلي عنك وتركك إلى الأبد، لم أشعر بالأسف تجاهك، على الإطلاق، بل بحب غامر. ولكن، للمرة الأولى في حياتنا، لم يكن هذا الحب هو من يتحكم في مجريات عقلي وقلبي. شعرت بأنني عدت إلى مقعد القيادة، وصرت أنا المتحكمة المطلقة في مشاعري وقراراتي.

عدنا إلى المنزل، وبعد قراءتك أوراقي سألتني أين الرسالة السادسة، وأخبرتك أنه ينقصها شيء ما. كانت تنقصها شجاعتي لكتابتها، وأن أتأكد من صحة ما يخبرني به عقلي.

تأكدت تمام التأكد، في أثناء نومك، أنك قطعت كل علاقتك بها. كنت أعلم هذا جيدًا منذ اللحظة الأولى التي وقعَت فيها عيناي عليك في المطار، ولكنني كنت بحاجة إلى دليل قوي وملموس، دليل يخبرني أن غريزتي عادت إلى الحياة مجددًا.

سألت مرة شمس عن الحب: هل يوجد حب فعلًا؟ أجابني بأنه لم

يختبر الحب من قبل إلا مرة واحدة، ولكنه يعتقد أن الأمر يختلف من شخص إلى آخر، وفقًا لمعتقداته الحياتية. سألته: هل ينتهي الحب؟ رد بأن الإنسان نفسه له نهاية، الحياة لها نهاية، الوقت له نهاية، ولكن الحب لا ينتهي بل يتخذ أشكالًا أخرى. الحب هو الشعور الوحيد الذي لا يموت أبدًا.

ندبة قلبي لم تلتئم بعد، تشبه الندبة الكبيرة في ساقي، التي تسبَّبَت فيها، وأنا طفلة، محاولاتي تعلم قيادة الدراجة من دون سنادات. محاولات كثيرة مضنية من الوقوع والوقوف مجددًا، ونتج عن المحاولة الأخيرة جرح غائر عميق دامٍ. فزعت أمي عندما رأته ولكنني لم أهتم، لأنني رأيته وأنا أحتفل بتحرري أخيرًا من السنادات. احتفلت بنجاحي الأول في قيادة الدراجة وحدي، من دون مساعدة خارجية من أي شخص.

بينما تقرأ السطور الأخيرة من رسالتي الآن، سأكون قد وصلت بأمان إلى هذا المكان الذي التقينا فيه للمرة الأولى. أجلس الآن وأنتظرك، لتأتي وننظر معًا إلى البحر، مثلما تأملناه للمرة الأولى في أمل وفضول لما سنمر به في المستقبل.

أجلس الآن وأنتظرك وأنا كما عهدتني، أرتشف على مهل قهوتي المُرة وأتناول قطعة من الشوكولا.